잠깐 선 좀 넘겠습니다

◎ **일러두기**

이 책은 출판 마케터 최초딩이 2019년부터 2020년까지 연재해 온 초딩시선 시즌1에서 10까지의 원고들을 엮었습니다. 다만 구성에 따라 그 시간의 흐름들이 순차적이지 않을 수 있음을 밝힙니다.

잠깐 선 좀 넘겠습니다

오지랖인 거 압니다만

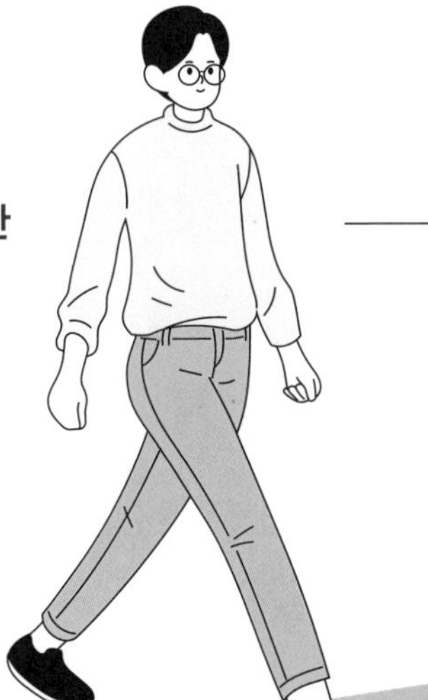

최원석 지음

상상출판

모쪼록 이 책을 빌미 삼아

당신과 내가 주고받은 무언가가 있기를

To.

From. 최원석

(프롤로그)

언젠가 여수와 순천 여행을 가서 로또를 하나 산 적이 있습니다. 늘 그렇듯 한 주의 행복을 위해서요. 지갑에 넣어 놓고선 잊고 살았는데 우연히 지갑 정리를 하다 발견했습니다. 과연 당첨이 됐을까 궁금해져서 바로 결과를 확인했는데 30개가 쓰인 숫자 중에서 단 3개가 맞았더라고요. 네. 꽝이죠. 그다음엔 상상이 가시죠? 로또 종이를 있는 힘껏 구겨서 쓰레기통에 버리려고 했습니다. 그런데 그 순간에 제가 이 로또를 샀던 이유가 갑자기 생각나더라고요. 오랜만에 여자친구와 떠난 여행이라 기분이 좋았고 그 기분에 기운까지 좋을 것 같아 혹시나 하는 마음에 샀었거든요. 그렇게 샀던 로또를 단지 꽝이라는 이유 하나만으로 이렇게 손쉽게 버려야 될까 싶었어요. 당첨을 노렸던 게 아니라 단순히 기분과 기운을 위해 샀던 거니까요. 지금 그때의 로또는 곱게 펴서 엽서나 편지를 보관하는 통에 잘 넣어 두었습니다.

이 책을 읽어 주시는 분들에게 제 시선이 로또 같은 글이 되었으면 좋겠습니다. 별다른 기대 없이 가볍게 혹은 그래도 조금은 좋지 않을까? 하는 기대감에 언제든 편안하게 펼쳐 볼 수 있는, 에이 꽝이네 버리려고 하다가도 괜히 아껴 두고 샀던 그 마음이 생각나 버리지 못하고 간직할 수 있는 그런 글이 되기를요.

평범한 사람이 평범하게 살아가며 가졌던 시선을 글로 옮겨 썼습니다. 아마도 여러분의 어딘가에 있는 또는 여러분의 이야기일지도 모르겠습니다. 꼭 특별한 이야기만이 책이 될 수 있다고 생각하지는 않습니다. 오히려 평범한 사람의 이야기가 더 많아져야 한다고 생각합니다.

지극히 평범한 한 사람의 시선.
그런 이야기들입니다.

(차례)

2장 이토록 안녕한 날들

3장 말하자면 그렇습니다

4장 슬기로운 파주생활

1장

오래 보고 싶습니다

안녕하세요

택시를 탈 때면 늘 나오는 말버릇이 있다. "안녕하세요, 가까운 거리지만 ○○까지만 부탁드립니다" 라고 하는데 그러면 기사님들의 열에 아홉은 "괜찮습니다. 타기만 해 주신다면 얼마든지요"라고 대답해 주신다. 말이 아닌 행동으로 하는 버릇도 있다. 기사님이 연세가 지긋해 보이면 인사하면서 벗었던 이어폰을 다시 귀에 꽂지 않는 것이다. 예의가 아니라고 생각하는 것도 있지만 오랜 시간 택시 안에 있으면서 사람이 그리웠을 그분들에게 말벗이라도 될까 하는 건방진 마음에서 그렇다.

물론 그렇게 말을 걸고 후회하는 경우도 많았다. 나는

그저 사는 이야기나 그분들의 삶을 조금이나마 엿듣고 싶었던 거였는데 얼마 안 있어 정치 이야기로 넘어가거나 참견을 넘어 무례한 수준의 질문들을 하시는 경우도 종종 있었다. 그럼에도 이런 행동을 계속하는 이유는 도움이 된 기사님들과의 대화가 더 많았기 때문이다.

얼마 전에도 짐이 많아 가까운 거리지만 택시를 탄 적이 있다. 입버릇처럼 늘 하던 인사를 하며 택시에 올랐고, 운전석을 보니 기사님이 연세가 많으신 것 같아 벗었던 이어폰은 다시 주머니에 넣었다. 출발한 지 몇 분 지났을까, 그는 나에게 직장인인지 학생인지 물으시더니 자기가 젊은 사람들에게 꼭 하는 말이 있다고 하시면서 말을 거셨다.

솔직히 내심 불길했다. 살면서 '젊은 사람들에게…'라는 말로 시작해서 하고 싶다는 얘기가 있다는 분치고 좋은 말 하셨던 분들이 몇 없었기 때문이다. 근데 우려와는 달리 기사님이 하신 말씀은 그저 여행을 많이 다니라는 것이었다. 본인도 젊었을 적 20개국 이상을 다녀왔다는 말과 함께. 아무래도 많은 걸 보고 느끼라는 뜻으로 말씀하신 것 같았다.

과거에 그는 31년 하고도 6개월을 대통령 경호실에서 근무했다고 하셨다. 그 말을 듣고 나니 처음 보는 기사님에게 존경심이 생겼다. 한 직장에서 그렇게 오래 근무를 하신 것도 하신 거지만, 이제는 편히 노후를 보내도 될 시기에 또 다른 일을 찾아 하고 계신 모습 때문이었다.

그렇게 기사님의 말씀을 듣다 보니 어느덧 목적지인 집 앞에 다다랐다. 그 사이에도 기사님은 공무원증까지 보여 주며 에피소드 몇 가지를 더 이야기해 주시려고 했다. 차마 말을 끊기가 죄송할 정도였다. 다행히 내가 사는 아파트는 대단지여서 일부러 아파트 주변을 조금 더 돌기로 마음먹었다. 결국 두어 바퀴 정도를 더 돌았지만 기사님의 이야기는 끝날 기미가 안 보였고 이렇게 있다가는 오늘 안에 집에 들어가기 힘들 것 같아 결국 택시를 세워야 했다.

괜히 아쉬운 마음에 오늘 같은 날 택시를 조금 더 멀리서 탔으면 좋았겠다는 생각이 들었다.

아마 기사님은 알고 계셨던 것 같다. 일부러 택시비를 더 내서라도 이야기를 듣고자 했던 내 마음을. 그는 이야기를 들어준 값이라며 택시비를 받지 않으려고 하셨고,

나는 그러고 싶어 그런 거니 받아 달라고 했다. 그러나 끝까지 받지 못하겠다고 하셨던 기사님의 말씀에 감사하다는 말을 전하곤 못 이기는 척 택시에서 내렸다.

살면서 듣게 되는 누군가의 이야기에 감명받고, 공감할 수 있는 건 참으로 행복한 일이다. 언젠가 또 택시를 탈 일이 생긴다면, 그때도 평소와 마찬가지로 귀에 꽂은 이어폰을 잠시 빼고 택시에 탈 것이다. 그리고는 어김없이 기사님께 인사를 드리고, 넌지시 말을 건넬 것이다. 오늘 하루는 어떠셨는지, 기사님의 삶은 어떠셨는지, 여쭙고는 택시비와 맞바꾼 의미 있는 인생 이야기에 가만히 귀기울이고 싶다.

감사합니다

(두 번째 시선)

출판사에서 근무하다 보니 책 홍보를 위해 작가와의 만남이라고 불리는 북토크를 자주 진행한다. 특히 내가 속해 있던 팀은 국내 작가의 책이 많이 나오던 곳이기에 수많은 북토크의 스태프로 참석하곤 했다.

스태프가 하는 일은 간단하다. 작가가 독자를 만나는 지점에 불편함이 없도록 하는 것인데, 무대와 의자를 세팅하고 마이크에는 문제가 없는지 확인하며 조명을 확인하는 일, 또 사람들을 줄 세워서 순차적으로 사인을 받을 수 있게 하는 일, 마지막으로 행사가 끝나면 준비해 놓은 포스터, 엑스배너 등을 치우는 일 등이 그렇다. 이 모든 과정 안에서 북토크가 시작되고 끝난다.

그러다 보면 당혹스럽지만 행복한 일이 생기곤 하는데, 내 인스타그램을 보고 참석하신 분이 "최초딩 님?" 하면서 물어 올 때다. 수줍게 맞다고 대답하면 작은 선물을 건네 주실 때가 있는데, 처음에는 이게 굉장히 쑥스러웠다. 특히 그런 모습을 주위에서 동료들이 쳐다볼 땐 더 쑥스러웠다. 어느새 혼자 얼굴이 벌게져서는 '감사합니다 봇'이 되곤 했다.

하지만 지금 와서 솔직해지자면 현장에서 쑥스러워 했지만, 집에 돌아가서는 열심히 기뻐했다. 기뻐한 이유는 다른 게 아니다. 그저 나를 알아봐 주는 것에 감사한 마음에서다.

평소 인스타그램을 열심히 하는 이유는 내가 좋아하는 것을 사람들이 좋아해 줬으면 하는 바람 때문인데, 그 중심에 책이 있다. 내가 열심히 하면 할수록 더 많은 책을 알릴 수 있고, 그걸로 사람들이 책을 좋아하게 된다면 충분히 만족스러웠다. 그러니 사람들은 그 모습을 좋아해 주면 되는데, 이렇게 작가의 행사에 오면서 나의 선물까지 챙겨 주시니 그 이상의 보답을 받는 것 같아 마음이 벅차다. 그동안 내가 열심히 해 온 일들이 결코 헛된 것이 아니었음을 느낀다.

이 글을 빌려 자주 나눠 주신 마음들에 감사하다고 전하고 싶다.

이유 있는 아침밥

(세 번째 시선)

매일 자신을 위해 하는 것인데도 힘에 부칠 때가 많다. 가령 내가 살아온 나를 잊지 않기 위해 매일 기록하는 일, 일상에서 최소한의 활동을 하기 위해 필요한 돈을 버는 일 등이 그렇다.

'나'를 위해 하는 일조차도 힘들어서 그만둘 때가 많은데, 자신이 아닌 남을 위해 하는 일은 어떻게 오랜 시간 할 수 있는 걸까.

어머니는 나의 군입대 기간을 제외하고 지금껏 단 한 번도 빠짐 없이 내게 아침상을 차려 주셨다. 그래서 무슨 일이 있어도 아침밥만은 거르는 일이 없게 해 주셨다. 늦게까지 야근을 한 다음날 아침에는 체력 보충을 위한 고기류의 음식이 올라왔고, 친구들과 술을 거하게 마신 다음날 아침에는 해장에 좋은 북엇국 등의 음식이 상에 올라왔다. 또 건강검진을 통해 높아진 당수치를 확인한 최근에는 평소에 먹던 쌀밥 대신 탄수화물이 적은 잡곡밥이 올라오기 시작했다.

좋아하는 만화 중에 '미생'이라는 작품이 있다. 그중에서도 주인공 장그래가 자신감을 잃은 채 집으로 들어가다가 친인척 앞에서 자신의 자랑을 하는 어머니의 목소리를 듣고는 다시 밖으로 나가 "잊지 말자. 나는 어머니의 자부심이다. 부족하고 모자란 자식이 아니다"라고 말하는 장면이 있다. 그 부분을 보고 한참을 울었다.

어쩌면 어머니는 마음 깊은 곳에 있는 그녀의 자부심을 위해 매일 내게 아침밥을 해 주셨던 것일지도 모르겠다는 생각을 했다.

사실은 지금껏 잘 알지 못했다. 아침마다 어머니가 차려 주신 밥상은 늘 당연한 것이라고만 생각했으니까. 어머니의 밥을 36년 동안 먹은 지금에서야 그 마음을 느낀다. 얼마든지 흔히들 사람은 고쳐 쓰는 것이 아니라고 하지만 사람은 고쳐 쓸 수 있다. 비로소 이런 마음을 느끼게 되는 그 순간, 변하면 된다.

간혹 어머니께 "아들 안 낳았으면 어쩔 뻔했어?"라고 묻곤 한다. 하지만 어쩐지 이 말은 반대가 되어야 할 것 같다. "나는 엄마 아들로 태어나지 않았으면 정말 큰일 났을 것 같아"라고.

상상은 자유

(네 번째 시선)

집 근처에 초밥집이 하나 있다. 지난번 여자친구와 갔을 때 가격도, 맛도, 서비스도 괜찮았던 기억이 있어 최근에 혼자 재방문했다. 그곳은 여성 한 분과 남성 한 분이 함께 운영하는 가게인데, 보통 남자가 회를 손질하고 초밥을 만드는 다른 초밥집들과는 조금 다르게 역할분담이 이뤄지고 있었다. 서로간의 애정도 느껴졌고 꽤 오랜 시간 호흡을 맞춰 온 게 보여 얼핏 부부 같았다.

가게는 저녁 시간이 제법 지나 한산했던 탓에 혼자 갔지만 4인용 테이블에 앉을 수 있었다. 평소 같았으면 음식이 나올 때까지 SNS를 하거나 유튜브를 보거나 했겠지만,

이때만큼은 잠시 다 내려 놓고 가게 내부를 하나씩 둘러보았다. 그러다 문득 문구 하나가 눈에 들어왔다.

'부부 아님. 오해하지 마세요'

원산지가 표기된 메모판 왼쪽 하단에 조그맣게 쓰여 있는 이 문구를 보고 기어이 마시던 물을 뿜고 말았다. 아무래도 남녀 둘이서 운영을 하고 있으니 당연히 부부라고 생각한 나도 웃기지만, 저렇게 공지까지 붙여 놓았을 정도면 얼마나 많은 사람이 나처럼 생각하고 물어봤던 것일까 싶었다. 그만큼 그 둘이 꽤 닮았거나 잘 어울리거나 아니면 정말 부부 같은 느낌을 준다는 것이니 한편으로는 부러우면서도 얼마나 긴 시간 호흡을 맞춰 왔을까 하는 생각도 잠시 했다.

그들의 시간을 내가 감히 상상할 수는 없지만, 어쩌다 보니 추측으로 둘러싸여 있던 궁금증이 풀렸고 메모판에 있던 유쾌한 글로 잠시나마 웃을 수 있어 행복했다. 큰 곳에서 찾는 행복도 좋지만 때로는 사소한 곳에서 오는 행복이 더 크게 느껴질 때가 있는 것 같다.

예쁘고 고운

(다섯 번째 시선)

며칠 전 김민정 시인과 박준 시인의 행사에 스태프로 참석했었다(아시는 분은 아시겠지만, 저자는 '문학동네' 직원이며 김민정 시인과 박준 시인을 좋아한다). 당시 김민정 시인이 박준 시인의 시집을 주제로 많은 사람 앞에서 홀로 강연을 했는데, 그녀가 박준 시인의 시집을 읽고 편집하면서 느꼈던 것에 관한 이야기였다.

김민정 시인의 시집을 읽다 보면 강렬한 단어들이 제법 많이 보인다. 그녀는 흔히 '오그라든다' 혹은 '말랑말랑하다'라는 수식어가 붙을 만한 글을 쓰지도, 말을 하지도 못하는 사람이었다고 한다. 실제로 고등학교 때는 싫어하는 사람이 있으면 '죽여 버려'와 같은 표현을 일기장에 쓰곤 했다고. 그러다 점점 말의 한계를 경험하면서부터 자신이 본 아름다운 것, 잊고 싶지 않은 것, 나를 행복하게 하는 것 등을 자주 생각했고, 그 생각들이 마음에 들 때면 시로 가져와 문장으로 바꾸었다고 했다.

그러면서 늘 거친 말로만 표현을 해 오던 자신이 어느 순간 애정 어린 말을 자주 하게 되었다고 덧붙였는데, 지금까지 그런 말들을 잘 하지 못하고 살았던 것에 대해 후회한다고 했다. 욕을 더 못 한 것에 대해서는 후회 없지만, 좋아한다는 표현을 하지 못한 것에 대한 후회는 크다고. 그래서 박준 시인의 첫 시집 『당신의 이름을 지어다가 며칠은 먹었다』를 세상에 내보이기 위해 준비하며 많은 도움을 받았다고 한다.

그녀의 이야기를 들으면서 평소에 내가 자주 쓰는 말들을 생각해 보게 됐다. '나는 주로 긍정적인 말을 하는 사람인가, 부정적인 말하는 사람인가' 늘 긍정적일 수도, 늘 부정적일 수도 없지만 과연 나는 어떤 것에 더 비중을 두고 말하는 사람일까. 그리고 그 말들에 의해 나는 어떤 사람으로 누군가의 기억에 남을까.

강연 마지막 즈음에 김민정 시인이 말한 것이 하나 더 있다. 내가 누군가에게 좋은 말을 전하는 것, 애정을 담아 말하는 것이 상대방에게도 좋지만, 결국 나에게도 좋은 거라고. 아무래도 건네받는 다정한 말에 기분이 좋으니 서로 더 잘하려 노력한다는 말이었다.

생각해 보면 정말 그렇다. 회사에서 일을 할 때도 잘하고 있을 때는 물론 실수를 했을 때 '잘하고 있다'는 격려의 말 한마디가 듣는 당사자에게는 정말로 큰 힘이 된다.

나는 입바른 소리를 잘하는 편이 아니다. 어제도 조금 힘들어하는 여자친구에게 위로는 못 해줄망정 조언 아닌 조언을 했다. 그럼에도 강연을 듣고 난 이후부터 조금씩 변하려 노력하고 있다. 물론 사람은 쉽게 변하지 않지만 노력하다 보면 바뀌는 것들이 분명 있을 거라 믿는다.

누군가에게 따뜻한 말 한마디 건네는 것은 돈 드는 일이 아니다. 드는 게 있다면 상대방에 대한 마음과 그 마음을 쓰는 시간일 뿐. 그럼에도 돌이켜 보면 나는, 우리는 따뜻한 말 한마디보다 부정적인 말을 내뱉기 바빴던 것 같다. 물론 그럴 수 있다. 당장 자신의 삶이 지치고 힘든데 누군가에게 좋은 말 한마디 건네는 게 결코 쉬운 일은 아니니까. 그래도 이제부터는 변했으면 좋겠다. 나의 한마디로 누군가 행복해진다면 그로 인해 나도 행복할 수 있으니 말이다.

이 글을 읽는 당신도 오늘만큼은 소중한 이들에게 '좋아해' '사랑해' 또는 '보고 싶다' 등의 예쁘고 고운 말들을 건네는 하루가 되었으면 좋겠다. 더불어 그런 말을 자주 할 수 있는 상황들이 늘 함께하기를 바란다.

감사하다는 흔한 말

(여섯 번째 시선)

직업 특성상 많은 작가들을 만난다. 북토크와 사인회 등 작가와 만날 수 있는 다양한 행사를 통해 가까이서 그들의 이야기를 들을 수 있다는 것이다.

최근에 『라틴어 수업』으로 유명한 한동일 작가님의 출간 기념 북토크가 있었다. 행사가 있기 전 작가님의 책을 먼저 읽었는데, 읽으면 읽을수록 어디선가 한번 만났던 사람처럼 익숙한 느낌이 들었다. 평소에 '일상적이면서 따뜻한 글을 쓰는 사람은 어떤 사람일까?'라는 생각을 늘 했는데, 이 작가님이 딱 그런 사람이셨다. 그리고 실제로도 그랬다. 작가님은 내가 그의 책에서 느낀 친근함과 닮아 있었다. 글과 이미지가 같은 사람, 동네 어귀에서 아이스크림 하나 함께 나눠 먹을 것 같은 그런 느낌이었다.

북토크 당일에는 회사에서 3시 조금 넘어 출발을 했고, 현장에 도착해서는 후다닥 행사장 세팅을 시작했다. 참가자들의 명단 체크는 어디서 할지, 책은 어디서 판매할지 등의 동선 체크마저 하고 나면 "북토크, 준비 끝!"이라고 말하고 싶지만 여기서 끝이 아니었다. 행사장 주변과 사람들이 오며 가며 볼 수 있는 곳에 준비한 포스터와 배너까지 설치하고 나서야 비로소 준비가 끝났다.

행사 준비를 마치면 북토크 초대권을 가지고 행사장 근처에 왔다 갔다 하면서 오늘은 무슨 이야기를 들을지 기대하는 눈빛의 독자들을 볼 수 있다. 그러면 노쇼(행사에 참석하기로 약속된 사람이 나타나지 않는 상황)에 대한 분노는 어느새 사라지고 또 다음 행사를 생각하게 된다. '사람으로 인해 사람이 좋아지기도 하고 싫어지기도 한다'는 말을 이럴 때 체감한다.

그날 행사에는 우리의 예상보다 많은 인원이 왔고 조명도, 음향도 문제 없었다. 나는 책 판매를 맡아 행사장 내

부에 있었는데 그 순간 대표님의 이름부터 책을 만들기 위해 노력한 많은 사람의 이름이 한 명 한 명 나지막한 음성으로 들려왔다. 작가님의 목소리였다.

누군가의 입에서 내 이름이 불리는 건 참 의미 있는 경험이다. 그토록 많은 사람이 작가님의 이야기에 귀 기울이던 순간 들려온 내 이름, 그때의 감동은 다시 생각해도 벅찬 것이었다.

모든 호명이 끝나고 작가님께서는 왜 이 사람들의 이름을 불렀는지 설명해 주셨다. 자신이 한국에서 책을 몇 권 냈지만 이번에 가장 편하게 작업하고, 출간할 수 있었다며 함께 고생해 준 많은 사람에게 감사의 마음을 전하고 싶었다고 하셨다. 그의 말을 듣는 순간 한동일 작가님께 반해 버렸다. 요즘 유행하는 말로 '입덕했다'고 하던가.

왜, 그런 사람들이 있다. 잘 됐을 때 자신의 노력이 가장 크다고 생각하는 사람. 작가님은 딱 그 반대였다. 어쩌면 제일 고생한 사람은 작가님이었을 텐데 그는 자신의 노력은 낮추고 수고해 준 사람들의 노력을 높여 얘기해 주셨다. 덕분에 지나간 날들의 고단함이 씻겨 나갔고, 앞으로 지나갈 모든 순간에 최선을 다할 수 있을 것만 같았다. 나 또한 스스로를 낮추고 함께 고생한 사람들을 높여 줄 수 있는 사람이 되고자 마음먹었다.

그건 그렇고 이날 행사장에서 알아봐 주셨던 분, 사인이나 사진을 요청하셨던 분, 선물을 건네주셨던 분 등 다양한 사람들을 만나면서 의도치 않게 내가 받은 것들이 많다. 매번 생각하지만 내겐 늘 감사하고 소중한 인연이다. (그들은 이 글을 못 볼 수도 있겠지만 감사하다는 말을 쓰고 싶다. 감사합니다!)

오지랖도 꽤 부릴 만합니다

〔 일곱 번째 시선 〕

내 핸드폰 요금은 평균적으로 20만 원이 넘는다. 가끔 더 많이 나올 때가 있지만, 대부분 저 정도의 금액이 나온다. 그렇다고 내가 비싼 요금제를 쓰느냐 묻는다면 그렇지는 않다. 5만 5천 원의 기본요금에 핸드폰 값과 할부 이자를 포함한다고 해도 통상 내 요금은 10만 원 정도다. 그렇다면 그 외에 10만 원 가까이 되는 돈은 어떤 경로로 깃털보다 가벼운 내 통장을 털어 가는 것인가.

그동안 세상은 참 많이도 스마트해졌다. '스마트폰'이라는 말마따나 카카오톡 메신저를 실행하면 핸드폰 주소록 어딘가에 저장한 다음 한 번이라도 찾아봤을까 싶은 사람들의 생일도 척척 알려 준다. 그런 알림들을 확인하고 나면 이내 생각이 많아진다.

현재 나의 카카오톡 친구로 등록되어 있는 사람들은 757명이다. 이 수많은 사람들을 두고 '나와 일면식이 있나?' '몇 번의 대화를 나눴나?' '어떻게 알게 된 사이일까' 등 그 관계의 형태와 무게를 가늠하게 된다. 무턱 대고 '당신의 생일을 축하합니다' 하기에는 애매하고, 그렇다고 모른 척 넘어가자니 마음이 편치 않아 나름의 연락 가능한 기준을 세워 보는 거다.

여기에서 잘 드러나는 게 내 마음이다. 이런 마음을 착하다고 해야 할지, 오지랖이라고 불러야 할지 모르겠지만 사실 할 수 있다면 무조건적으로 축하해 주고 싶다. 비즈니스 사이로 맺어진 사이라도, 몇 년을 연락하지 않고 지내던 사이라도, 또 매년 생일 때만 연락을 주고받는 사이일지라도 그들이 태어난 날을 축하해 주고 싶다.

그렇게 나는 채팅창을 열었다가 닫았다가를 반복한다. 뭘 그런 거 하나 가지고 소심하게 행동하냐고 말할 수 있지만, 한번 겪어 보면 소심하게 된다. 기쁜 마음으로 축하 메시지를 보냈는데 끝내 답장이 오지 않을 때 마음의 저 깊은 곳에서 느껴지는 속상함이 있다. 이럴 때면 내 축하가 괜한 오지랖이 되는 것만 같다. 친절함을 베풀지만, 상대방이 그 친절을 불편해 하거나 받아들이지 못한다면 그게 바로 오지랖인 거니까. 가끔은 나의 이 마음들이 누군가에게는 오지랖이 될 수도 있다는 그 불편한 현실을 마주해 보려고 한다.

하지만 그러면서도 또 이런 생각을 한다. '그럼 오지랖과 친절의 결정적인 차이는 무엇인가?' 때로는 축하의 말에 무언가를 더해서 보낼 때 오지랖이 친절로 바뀌는 것 같기도 해서다(실제로 작년엔 답장이 없었던 사람에게 올해에는 기프티콘과 함께 축하 인사를 건네니 답변이 왔던 적이 있다). 근데 사실 이 경계도 모호할 뿐이다. 좋은 말로 주고받기는 하지만 굳이 주고 싶지도, 받고 싶지도 않을 수 있으니까. 이렇게 고민하는 이 시간에도 또 누군가를 위해 마음을 담아 기프티콘을 보낸다. 그들은 나의 마음을 어떻게 받아들일까?

그러니까 축하 메시지에 대한 나의 결론은 여전히 '모

르겠다'는 거다. 내 말과 행동이 정답이 될 수 없다. 누구는 굳이 불편한 상황을 겪지 않기 위해 과감히 모른 척하기도 하고, 누구는 나처럼 뭐라도 축하해 주고 싶은 마음에 괜한 고민으로 잠 못 들지도 모르겠다. 판단은 이 글을 읽는 당신의 몫이다. 하지만 기왕이면 이 퍽퍽한 세상에 기름칠이 될 수 있게 오지랖일지라도 한번 부려 보는 건 어떨까?

그동안 소식이 없었건 서먹한 사이건 '친구의 생일을 확인해 보세요!' 속 주인공들에게 가벼운 기프티콘과 함께 축하의 말을 전해 보자. 만약 그게 부담이 된다면 마음을 담은 축하 메시지로 약간의 오지랖만 부려 보자. 혹시라도 오지 않을 답장에 마음 졸일지라도.

죽음 뒤에 오는 안부

(여덟 번째 시선)

지난 8월 8일에 故황현산 선생님의 1주기 추모식이 있었다. 추모식에 맞춰 선생님이 살아생전 남기셨던 글들을 모은 책 『내가 모르는 것이 참 많다』가 출간됐다. 선생님의 글자 하나하나로 이루어진 문장들이 한데 모여 깊은 힘을 발휘하는 책이었다.

1주기 추모식을 준비하는 과정이 순탄치는 않았다. 선생님을 좋아하는 문인들은 많이 올 거라 예상했지만, 일반 독자는 몇 명이나 올지 잘 계산되지 않았기 때문이다. 그래서 만약 내가 독자라면 이 행사에서 가장 원하는 게 무엇인지 고민해 봤다. 그러다 문득 '선생님의 필체로 적힌 존함 석 자가 내 책에 있으면 좋겠다'는 생각이 스쳐 살아생전 그가 남겼던 사인들을 찾기 시작했다. 다행히 사인은 남아 있었고 사인을 비롯해서 내가 좋아하는 문장들을 모아 기념 스탬프를 제작할 수 있었다.

그렇게 추모식을 맞이했다. 오시는 분들에게 대접할 음식, 와인, 커피 등의 세팅과 함께 전반적인 가닥이 잡혔고, 필요한 것들의 주문도 다 끝낸 상태였다. 이제 별다른 문제가 없기만을 바랄 뿐이었다. 그새 체력이 바닥나 버린 나는 그럼에도 손님들을 맞이하기 위해 내 자리로 돌아갔다.

선생님을 좋아하는 독자들과 문인들이 쉴 틈도 없이 추모식장을 찾아왔다. 그 모습을 보며 '사람들이 과연 몇 명이나 올까?' '독자들은 또 얼마나 관심을 갖고 찾아와 줄까?' 하던 고민들은 그저 기우에 불과했다는 것을 깨달았다.

그 많던 사람들은 저마다 어떤 사연으로 선생님을 찾아와 어떤 마음으로 그를 기리고 갔을까? 시간이 지날수록 더 많아지는 사람을 보고 있자니 선생님은 어떤 인생을 살고 가셨기에 1주기 추모식까지 이렇게나 많은 사람이 찾아와 주었을까 하는 생각이 들었다.

그러다 보니 어느새 내 인생을 돌아보게 됐다. 만약 당장 내가 죽는다고 할 때, 있는 힘껏 슬퍼해 줄 이는 누구이고, 많은 시간이 지나도 변치 않고 나를 기억해 줄 이는 누구일까.

평소에도 가끔 하는 생각들이지만, 단 한 번도 제대로 된 답을 내놓은 적은 없었던 것 같다. 그리고 여전히 그렇다. 지금의 나는 잘 살고 있는 듯하지만 미래에 나는 어떻게 바뀔지 모르기 때문이다. 인생은 늘 예측하지 못한 대로, 계획하지 못한 채로 흘러가야 정상이니까.

또, 과연 나는 어떤 글을 남기고 죽을 수 있을지에 대해 생각한다. 지금 쓰고 있는 글을 나중에 다시 보며 '내가 그때 왜 이런 글을 썼을까?' 하면서 애꿎은 이불만 발로 뻥뻥 차 버릴지도 모른다. 그게 아니면 '진로'와 '대선' 등 여러 가지 소주의 맛을 구분하게 되었다는 글을 쓰고선 영원히 애주가로 기억될지도 모른다. 정말 그럴 수도 있고, 아닐 수도 있다.

다만 중요한 건 죽음 이전에 삶이 있다는 사실이다. 죽음 이후에 내가 어떤 사람으로 기억될지는 현재의 내가 어떻게 살고 있는지에 따라 달라질 문제라는 거다. 그러니 지금 내가 보고, 듣고, 생각하는 것들이 무엇보다 중요하다는 걸 잊지 않았으면 좋겠다.

지나온 시간들의 중간으로 돌아가 과연 나는 어떤 삶을 살고 어떤 죽음을 맞이하고 싶은지 생각했던 8월 8일과 8월 10일, 그 어디쯤이었다.

한여름의 매미

(아홉 번째 시선)

며칠 전까지 비가 시원하게 내렸다. 한동안 더운 날씨가 계속되던 와중에 꽤나 반가웠다. 하지만 그것도 잠시, 쉬지 않고 내리는 비 덕분에 안 그래도 습한 날씨가 더욱 습해졌다. 땀으로 범벅된 옷은 쉽게 마르지도 않아 유독 냄새에 민감한 나는 너무 힘들었다.

예민한 성격과 몸을 가지고 태어난 덕분인지 여름만 되면 아주 고역이다. 그런 나를 요즘 새벽만 되면 깨우는 것이 있는데 땀도 아니고, 냄새도 아니며, 더위도 아닌 매미다. 이 매미들은 정말 시도 때도 없이 "맴맴맴" 거리는

데, 그놈의 목은 쉬지도 않는 건지 특유의 울음소리로 잘도 운다.

특히 지금 내가 사는 아파트 주변에는 나무며 넝쿨이며 잘도 자라고 있는 덕에 매미가 꽤 있는 편이라 그 수에 맞게 울음소리 또한 아주 우렁차다. 누가 보면 가수나 노래 경연대회('쇼미더매미'라던가)를 준비하는 줄 알 것이다.

"매앰-매앰-매매매매매매맴"

그들의 울음소리가 커질수록 내 안의 분노도 함께 커져 갔다. 그러다 어느 날은 도저히 안 되겠다 싶어 '이럴 땐 마셔야지' 하는 마음으로 술을 들이켰다. 술을 물처럼 마신 후 몸도 마음도 지쳐 잠들었다. 하지만 매미들의 그 강력한 집단 합창을 이기기는 힘들었다.

결국 참을 수 없는 소리에 깨서 시계를 봤다. 새벽 세 시였다. 입에서 한 바가지의 욕이 튀어 나왔다. 그 순간 욕을 하고서라도 다시 잠들 수 있다면 차라리 행복하겠다고 생각했다. 나는 한번 깨면 다시 잘 수 없는 사람이기 때문이다. 잠에서 깬 내가 할 수 있는 최선은 그저 매미의 욕을 신나게, 아주 신나게 하는 것뿐이었다.

이쯤 되니 매미가 아닌 내가 쇼미더머니에 나가서 아웃사이더보다 빠른 비트를 구사할 수 있을 것 같았다. 확실히 여름은 여러 가지로 수면이 부족한 계절이라고 생각하는데, 거기다 새벽의 매미 울음소리까지 더해져 최단 수면시간을 기록하고 말았다. 그래서 결심했다. 또다시 매미가 울면 오늘만큼은 이 매미들을 다 불태우리라고.

하루 종일 결의에 찬 하루를 보내고 퇴근했다. 아파트 3층에 살기는 하지만 계단보다 엘리베이터로 다니는 날이 더 많았던 나는 이날만큼은 굳이 계단으로 걷고 싶었다. 그래서 한 칸 한 칸 열심히 걸어 올라가고 있었는데 2층 정도 왔을까, 엄지손가락만한 시커먼 물체가 눈에 들어왔다. '뭐지?' 싶어 조금 자세히 들여다 보니 매미 한 마리가 죽어 있었다.

매미는 유충일 때 땅에서 몇 년을 살다가 성충으로 진화하고 나면 수명이 급격히 짧아진다. 특히 성충의 매미는 짧게는 5일, 길면 30일 정도 살 수 있는데 진화에 따라 천적이 많아지면서 제명에 못 사는 경우도 있다고 한다. 이런 사실을 알고 보니 매미에게 알 수 없는 정이 생겼다.

새벽녘까지만 해도 아니 집에 다다르기 직전까지도 잡아서 불태우겠다던 나의 마음은 어느새 애잔함으로 뒤바뀌어 있었다.

사람이란 참 간사한 존재라는 생각이 들었다. 자신에게 주어진 상황에 따라 언제든지 바뀔 수 있으니 말이다. 매미의 삶과 죽음을 두고 왔다 갔다 하는 나만 봐도 그렇다. 이런 걸 보면 처음 마음이 한결같기는 참 어려운 것 같다.

새벽에 또 잠이 깼다. 예상하겠지만, 매미가 울었다. 핸드폰 시계를 보니 새벽 네 시였다. 잠이 덜 깬 상태여서 아까의 미안함은 잊은 채 또 신나게 욕을 했다. 그렇게 나도 맴맴맴- 리듬에 맞춰 욕을 하다 잠이 확 깨 버렸고, 이내 아까의 미안함이 생각났다. 그런 김에 매미에게 속으로 한마디 건넸다. '미안해. 대신 내가 너희들을 욕했으니 오래 살 수 있을 거야. 욕먹으면 오래 살 수 있대. 행복하렴, 한결같은 매미(놈)들아. 오래 살게 되면 내 덕분인 줄 알고!'

어떤 말들

(열 번째 시선)

우리는 참 많은 말을 하고 듣는다. 때로는 그 말들이 살아갈 힘의 전부일 때가 있는데, 며칠 전 내가 들었던 말이 그랬다.

#그 꿈을 내가 살게

평소에 나는 꿈이란 걸 모르고 자는 사람인데, 무슨 일인지 최근에는 많은 꿈을 꿨다. 며칠 전에도 어김없이 꿈을 꾸느라 제대로 못 잤다. 그날은 본부장님의 차를 타고 행사장으로 향하면서 이런저런 얘기를 하다가 고민이 무엇이냐는 본부장님의 물음에, 요즘 들어서 꿈을 자주 꾼다고 대답했다. 심지어 그 꿈들의 대부분이 사람을 죽이거나, 쫓기거나 하는 나쁜 꿈이어서 찝찝하다는 얘기까지. 꿈 얘기를 듣던 본부장님은 갑자기 동전 하나를 찾아 내 손 위에다가 쥐여 주시며 말씀하셨다.

"그 꿈을 내가 살게. 그러면 앞으로는 좋지 않은 꿈을 꿔도 누군가에게 팔 수 있구나 하는 생각에 조금은 기분이 나아지지 않을까?"

거기서 정말 눈물이 날 뻔했다. 사소한 말 하나가 이렇게 사람의 마음을 움직일 수 있다는 사실이 신기했고, 그런 말을 해 주신 본부장님께 감사했다. 이런 사람과 함께라면 앞으로 어떤 고민들이 생겨도 오래 버틸 수 있지 않을까 싶은 하루였다.

#올해 잘 부탁해요

최근에 회사 조직개편이 있어 기존에 속해 있던 팀에서 다른 팀으로 옮겨졌다. 같은 회사 소속이기는 하지만 마주칠 일이 별로 없었던 사람들과 한팀이 됐고 전혀 다른 분야의 팀을 담당하게 됐다. 심지어 회사에서 내가 가장 무서워하는 과장님이 속한 곳이었다(이 분은 훗날 내가 가장 좋아하는 과장님이 된다). 그렇게 새로운 팀에서 다시 적응하려고 하니 마치 이직을 한 번 더 한 느낌이었고, 한동안은 신입이 된 것처럼 내내 불안하고 긴장된 마음으로 일해야 했다.

그 무렵 부서장님이 휴가를 가셨다. 내가 팀에 온 지 얼마 안 됐을 때였는데, 휴가가 끝나고 복귀하면서 내게 봉투 하나를 건네셨다. 봉투 안에는 휴가지에서 사 오신 선물이 들어 있었다. 그때까지만 해도 새로운 팀원이 된 내 것도 챙겨 주시는구나 했다.

근데 봉투 제일 안쪽에 들어 있던 엽서 하나를 발견하고서는 감동이 배가 됐다. 엽서에는 '올해 잘 부탁한다'는 메세지가 쓰여 있었고 그걸 보며 이 팀에서 빨리 한 사람의 몫을 해내고 싶다는 마음이 들었다.

간혹, 정말 작은 것일지라도 내가 챙김을 받고 있다는 생각이 들면 최선을 다하고 싶어진다. 나는 그런 사람이다.

사랑꾼의 역사

(열한 번째 시선)

얼마 전에 여자친구와 만난 지 3년이 되는 날이었다. 기념일을 앞두고 3년이란 시간이 얼마나 긴 시간일까 생각해 봤는데, 가장 오래 다닌 회사도 3년이 채 안 된 2년 8개월이 전부였던 걸 보니 여자친구와 지나온 시간들이 새삼 묵직하게 느껴졌다.

어려서부터 나는 익숙한 것을 좋아했다. 친구들도 자주 어울리는 친구들만 만났고, 식당도 가던 곳만 갔다. 그러니까 하나에 꽂히면 그것만 줄곧 파던 사람이었다. 그러나 연애에 관해서는 그러지 못했다. 누군가를 만나고 가까워지면서 불편해 했다가도 막상 사람이 옆에 없으면 외로움을 느끼곤 했다.

문제는 딱히 연애하고 싶은 생각이 없었음에도 내 성격에 고백을 받으면 거절하지 못했다는 거다. 그러다 보니 마음이라는 게 쉽게 열리지 않았고, 자꾸 내 시간을 뺏기는 것만 같은 느낌이었다. 이런 악순환들은 대부분 헤어짐으로 이어졌다. 하지만 헤어지자는 얘기를 들었을 때도 힘들거나 크게 슬프진 않았다. 다만 '내일부터 연락할 사람이 없구나' 하는 생각이었고 아주 잠시 허전할 뿐이었다.

지금의 여자친구는 과거에 일했던 한 대형서점에서 처음 만났다. 당시 여자친구의 첫인상은 '저 친구가 오래 다닐 수 있을까?' 싶었던 신입사원에 불과했다(왜 그렇게 생각했던 것인지는 모르겠다). 그러다 그녀에게 호감 표현을 해야겠다고 마음먹었던 계기가 있는데, 저녁 시간 무렵 직원 휴게실에서 책을 읽는 모습을 보고서였다. 사람이 사람에게 반하는 순간은 너무나 다양하게 존재하는데, 나의 경우 그때였던 것 같다.

흔히들 서점에서 일한다고 하면 책을 좋아한다고 생각하지만, 서점에서 일한다고 다 책을 좋아하지는 않는다.

다만 왠지 밥을 먹고 남은 그 짧은 시간에도 책을 읽는 걸 보니 이 친구는 정말 책을 좋아하는구나 싶었고, 그 생각이 '이 친구와 만나고 싶다'로 이어졌다.

물론 만나는 과정이 쉽지만은 않았다. 다만 하나에 꽂히면 뒤를 돌아보기는커녕 앞만 보고 달리던 내 성격대로 최선을 다해 노력할 뿐이었다. 지금 생각해 보면 개인적인 시간을 중요하게 생각했던 내가, 이 친구에게만큼은 정말 많은 시간을 투자했던 것 같다. 그 덕분에 우리는 한 달이라는 시간 동안 꽤 많은 추억을 남겼다.

평소 같으면 진작에 놓아 버리고 말았을 일을 기꺼이 해 보겠다고 마음먹었던 날들. 그때 난 이게 사랑이 아니라면 무엇일까 싶었다.

여자친구는 나의 많은 것을 바꿔 놓았다. 익숙한 것만 좋아하던 나를 익숙한 것에서 벗어나게 하면서 여행을 좋아하게 만들었다. 또 전화보다는 메신저로 주고받는 대화가 편했던 내가 전화하는 것을 좋아하게 만들었다. 그래서 별일 없는 날에도 먼저 전화를 걸 줄 아는 사람이 됐다.

그중에서도 제일 큰 변화는 내가 끊임없이 노력하는

사람이 되었다는 것이다. 원래 나는 그저 현재에 만족하면서 욕심이라는 게 없는 사람이었다. 그런데 여자친구와 함께하면 할수록 더 나은 사람이 되고 싶다는 마음이 들었다. 하고 있던 일들에 최선을 다하게 됐고, 그 노력들이 쌓여 지금의 문학동네에서 최초딩으로 거듭날 수 있었다. 이 글을 쓰면서도 책에 감사하다. 책을 좋아할 수 있어서, 책을 좋아하는 사람을 만나 사랑을 하고 더 나은 사람이 될 수 있어서.

누군가 내게 물었다. 지금까지 연애를 하면서 힘들었던 시기는 어떻게 극복했냐는 것이었다. 실제로 매번 행복한 연애였다고 하면 거짓말이다. 좋았던 만큼 싸우기도 많이 싸우면서 서로에게 생채기를 남기기도 했다. 하지만 그런 사실들을 떠나 여자친구가 옆에 없을 때 내 모습을 생각해 본다면 그 상실감은 이루 말할 수가 없다. 이런 감정이 내가 먼저 미안하다고 말할 수 있는 용기가, 상대방이 미안하다고 말했을 때 그 마음을 흔쾌히 받아들일 수 있는 원동력이 되어 왔다.

세상에 사랑이라는 단어는 하나다. 하지만 그 단어 하

나에도 무수히 많은 사랑의 형태가 존재한다. 무조건 상대방에게 잘해 주는 것만이 전부가 아니다. '우리'로 지낸 시간보다 '나'와 '너'로 지낸 시간이 더 많기에 그 시간 차를 함께 좁혀 가는 과정이 바로 사랑 아닐까. 이 글을 읽는 당신의 사랑도, 나의 사랑도 여전히 무사한 날들의 연속이기를 바란다.

문자의 유효기간

(열두 번째 시선)

1939년생인 아버지의 나이는 내 또래 부모님들과 비교하자면 많은 편에 속한다. 얼핏 그들의 할아버지, 할머니와 비슷하다고 할 수 있는데 이 사실은 내가 삼남매 중 막내, 그것도 늦둥이 아들이라는 점과 관련이 있기도 하다.

2019년인 지금 아버지의 연세는 만으로 80세이다. 여태껏 내가 살아온 34년의 시간을 한 번 더 산다고 해도 그가 살아온 삶보다 짧다는 사실이 가끔은 낯설기도, 두렵기도 하다. 특히 매년 아버지의 생일에 초를 꽂을 때, 아프고서 며칠 일어나지 못하시는 아버지 볼 때, 문득 그와의 남은 시간들을 계산해 보게 된다.

시간은 빠르게 흐르고, 시대는 빠르게 변하고 있다. 아버지에게는 앞으로 받아들여야 할 시대보다 이미 받아들인 시대가 훨씬 더 깊게 스며들어 있다. 그래서인지 하루가 다르게 변화해 가는 것들에 매번 힘들어하신다.

특히 스마트폰이 대중화되고, 핸드폰에 다양한 기능이 생기면서 나를 부르시는 일이 많아졌다.

온종일을 회사에서 일하고 집에 오면 피곤하다. 그렇지만 제대로 된 하루의 마무리 없이 잠들기엔 또 억울한 느낌이라 무엇이든 하고 자려는 편이다. 글을 쓰기도 하고, 책을 읽기도 한다. 그렇게라도 남은 하루를 달리 채우기 위해 노력하지만, 이내 나를 찾는 아버지의 목소리가 들려오면 그마저도 쉽지 않다.

귀가 잘 안 들리기 시작하신 뒤부터는 몇 번을 더 부르시곤 하는데 그러면 나는 더 큰 목소리로 말하게 된다. 나를 위한 시간에 방해가 되었다는 짜증을 덧붙어 조금은 화난 목소리로.

그런 못난 아들이 지금 아버지의 삶에 전부다. 내가 어딜 가든, 무얼 하든 아버지는 아들 걱정뿐이다. 혹시나 출근길에 배가 고플까 나보다 더 일찍 일어나 아침상을 차려 주시기도 하고, 늦잠을 자 아침 식사를 거르는 날이면 꼭 뭐라도 사 먹으라는 문자를 챙겨 보내 주신다. (카카오톡을 막 설치한 최근에는 사람들에게서 받은 좋은 글귀들을 보내 주는 데 재미 붙이신 듯하다.)

퇴근을 하고 집에 가는 순간에도 문자를 보내 오시는데, 주로 집에서 밥을 먹을 것인지, 밖에서 먹고 들어올 것인지에 대한 질문들이다. 여기서 집에서 밥을 먹는다고 하면 밥을 해 놓으시는 거다.

사실 이런 문자가 가끔은 답답했다. 회사에서 종일 두드리는 키보드와 핸드폰을 퇴근해서도 두들겨야 한다는 것에 회의감이 들었다. 또, 내 나이가 몇인데 어련히 알아서 하지 않을까 하는 생각으로 문자에 답장하지 않거나, 전화를 드리곤 했다.

그러던 어느 날 평소보다 조금 이른 퇴근을 하고 집에 왔는데, 마침 나에게 문자를 보내고 있던 아버지의 모습을 보게 됐다. 익숙하지도 않은 스마트폰 화면을 좋지 않은 시력으로 들여다 보며 내게 보낼 말들을 입력하시던 그 모습을.

그 이후로 아무리 바쁜 일이 있어도 아버지의 문자나 카카오톡에 대한 답장만은 잊지 않고 챙겼다. 바빠서 길게 남기진 못하더라도, 내용이 짧더라도 답장을 했다.

그러다가 아침 일찍 가게에 나가시는 엄마와 회사로 출근하는 나를 보내고, 혼자 덩그러니 남겨지는 아버지에 대해서 생각했다. 평소 텔레비전 보는 것을 좋아하던 아버지일지라도 종일 혼자서 보기에는 분명 외로우셨을 것이다.

반성하게 된다. 그런 아버지의 문자들에 나는 왜 가끔 답장하지 않으려 했을까. 아니, 안 했을까. 친구들은 물론 여자친구나 SNS상의 연락들을 통해 그토록 많은 대화를 나누고 기록하면서도 왜 '아버지'라고 저장된 연락처의 공간에는 무엇을 남겨야겠다는 생각조차 하지 못했을까. 지금이라도 깨달아서 다행이라고 하기엔 시간이 생각보다 많이 남지 않았을 거라는 걸, 왜 이제야 알았을까.

시간은 누구에게나 공평하게 주어진다지만 또 누구에게나 무한하지 않다. 나의 아버지에게는 얼마의 시간이 남았을까. 나는 아버지와 얼마나 더 많은 얘기를 나눌 수 있을까. 나는 앞으로 아버지의 손을 몇 번이나 더 잡을 수 있을까.

그녀의 눈물

(열세 번째 시선)

어렸을 적 기억으로(지금도 변함은 없다) 어머니는 강한 사람이셨다. 가정의 풍파야 어느 집에나 있을 법한 일이지만 우리 집이 힘들었을 당시 아버지를 대신해 가족의 방패가 되었던 사람이 어머니였기 때문이다. 만약 그때 어머니가 무너지셨다면 지금의 우리가, 내가 없었다고 말할 수 있을 정도로 그녀는 우리에게 큰 버팀목이었다. 이런 말이 과장된 표현으로 들릴지 모르겠지만 정신력만큼은 여느 스포츠 선수 못지 않은 분이라 생각한다.

그런 어머니의 눈물을 봤던 적이 딱 한 번 있다. 아니, 본 게 아니라 들었다. 무리한 사업 확장에, 주위 사람들에게 퍼주기 좋아하는 아버지로 인해 가세가 많이 기울었을 때였다. 그때 어머니는 내게 전화를 걸어 돈 백만 원이 있는지 물으셨다. 회사는 다니고 있었지만 이러저러한 상황으로 단돈 백만 원도 없었던 나는 평소처럼 "내가 돈이 어딨어?"라고 대답했다. 그러자 어머니는 갑자기 목 놓아 우셨다. 분명 강남역이라고 얘기했는데 어머니는 서울 한복판에 있는 강남역에서, 핸드폰 너머의 내 귀가 아플 정도로 크게 우셨다. 예상조차 하지 못했던 그녀의 눈물은 내게 꽤 큰 슬픔으로 남아 있다.

한심했다. 얼마나 제대로 살지 않았으면 직장 생활을 하면서도 단돈 백만 원이 없었을까. 울면서 백만 원을 말하는 어머니에게 "내가 줄 수 있어. 그러니까 울지마"라는 말 한마디를 못 했다. 지금의 나야 어머니가 백만 원이 필요하다면 그 자리에서 보내줄 수 있을 정도가 됐다. 하지만 그날의 나를 떠올리면 여전히 속상하고 후회스럽다.

그 뒤로 나에겐 이상하다면 이상한 습관이 하나 생겼다. 종종 소위 말하는 명품 가방을 사고, 몇 십만 원씩 하는 프리미엄진과 셔츠를 사서 나는 물론 가족들에게 선물하는 것이다. 그렇게 어머니와 누나에게는 가방을, 아버지에게는 옷과 신발을 사드렸다. 나를 모르는 사람이 봤을 때, 우리 집안이 가난한지 모를 정도로 꾸미고 다니려 노력했다.

물론 지금은 또 상황이 다르다. 과거의 허세가 빠졌다고 할 수는 없지만 이전만큼 강박증적인 소비는 하지 않는다. 이제는 굳이 비싸고 좋은 옷들이 아니어도 충분히 괜찮은 사람이 될 수 있음을 깨달았기 때문이다. 무엇보다 결핍으로 느껴지는 것들을 허세가 아닌 다른 가치들로 채우고 싶어졌다.

여전히 집이 잘살진 않는다. 아마 누군가의 기준에서는 가난할 수도 있다. 하지만 지금껏 살아오면서 단 한 번도 우리 집의 형편을 원망해 본 적은 없다. 누구보다 강했고, 강한 어머니가 계시기 때문이다. 내가 존경하며 사랑하는 사람 중에 가장 멋있는 사람.

그녀가 있기에 나는 이 무서운 세상이 두렵지 않다.

보이는 것과 보이지 않는 것

(열네 번째 시선)

그날은 한 시인의 산문집이 출간된 기념으로 시인과 해당 편집부 그리고 온라인 서점의 편집장님이 한자리에 모여 주어진 대본 없이 이야기하는 시간이었다. 길지 않은 진행이었으나 워낙 말을 잘하는 세 명의 사람이 대화를 하다 보니 이것저것 많은 이야기가 나왔다. 그중에서도 편집장님과 시인이 나눴던 대화가 유독 기억에 남는다. 정확한 질문은 생각나지 않지만 시인의 대답이 인상 깊었기 때문이다.

그는 약 십여 년 전 큰 사고를 당해 중환자실에 입원했었는데, 당시에 자신을 찾아온 사람이 300명 정도 됐었다고 한다. 이를 본 병원에서는 그분이 국회의원의 아들 또는 대기업 임원의 아들이라고 생각했을 정도였단다. 여기까지만 보면 그저 이 시인이 사회생활을 잘했구나 싶을 것이다. 근데 바로 이어진 말이 마음에 박혀서 지금까지 남아 있다. 그 말은 시인 어머님의 말씀이었는데 어머님은 우리 아들이 얼마나 많은 마음을 쓰고 다녔을까 걱정하며 마음 아파하셨다고 한다.

또 한번은 시인이 상을 받았을 때 지인들에게 꽃다발을 받는 그의 모습을 보시며 우리 아들이 얼마나 마음을 썼으면 이렇게 사람들에게 축하를 받을 수 있을까 생각하셨다고 한다. 마음을 쓴다는 말이 너무 좋아 마음에 남기기는 했으나, 아들에 대한 어머니의 걱정과 애정이 동시에 느껴져 한편으로는 아픈 말이기도 했다.

마음을 쓴다는 것에 대해 생각한다. 그것은 사람이 사람에게 하는 일이 될 수도, 사람이 동물에게 하는 일이 될 수도, 혹은 동물이 사람에게 하는 일이 될 수도 있다. 그동안 나는 마음이란 걸 어떻게 쓰며 살아왔을까. 아무래도 사람에게 가장 많은 마음을 쓰며 살지 않았나 싶다. 다음으로는 (슬프게도?) 일인데, 정확히 말하자면 책이라고 할 수 있겠다. 좋아하는 걸 업으로 삼고 있으니 어떻게 보면 당연한 것이겠지만.

그동안 인스타그램을 통해 '최초딩'으로 알려지면서 책 홍보에 관한 부탁들을 여럿 받은 적이 있다. 물론 개인적인 친분이 있던 것도 아니었고, 일을 같이 하던 사이도 아니었다. 하지만 그 부탁들을 거절하지 못하고 들어줄 때가 많았다. 나랑 친해지고 싶다는 표현이라고도 생각했고, 한편으로는 내 마음이 편하기 위해서였다. 그러면서 의도치 않게 많은 마음을 썼던 것 같다. 어쩌면 그저 나를 알아봐 주는 것에 우쭐해서 그랬던 것일지도 모르겠다. 하지만 그 당시에는 그게 좋았고, 다시 돌아간다고 해도 똑같은 선택을 할 것이다.

다만 그때 마음 썼던 사람들 중에 지금 내게 남은 사람이 몇 없다는 사실이 조금은 슬프다. 아니 그중에 몇 사람이라도 남았으니 다행이라고 생각해야 할까.

애증

(열다섯 번째 시선)

애정과 애증은 '정'과 '증'의 단어 하나 차이로 그 뜻이 달라진다. '정'에는 온전한 사랑이 들어가지만, '증'은 사랑에 미움이 더해졌다. 이 두 단어가 요즘 내 마음속에서 가장 많이 왔다 갔다 한다.

아버지가 아프시고 난 뒤부터 바뀌는 것들이 많았다. 내 생활도 생활이지만, 제일 크게 바뀌는 것은 감정이었다. 그에 대한 마음이 하루에도 몇 번이고 바뀐다. 아버지가 아들인 나를 믿어 주실 때 그리고 치료 받는 것에 협조적이실 때면 한없이 감사하고 사랑하는 마음이 드는 반면 말도 안 되는 떼를 쓰실 때면 왜 내 마음도 모르면서 저러실까 하는 생각만 든다. 이 사이에서 오는 자괴감이란 말로 설명하기가 힘들다.

좋든 싫든 나의 아버지다. 그런 사람을 온전히 사랑만 할 수 없다는 사실이, 심지어 그것을 넘어 감정에 미움을 더해야 한다는 사실이 내게는 늘 큰 실의를 준다.

아버지로 말하자면 내가 어렸을 적부터 지금까지 자존심이 무척 강하신 분이다. 웬만해서는 쉽게 뜻을 굽히시는 일이 없었다. 이러한 성격은 그가 뇌경색이라는 병에 걸린 뒤로 더 심해졌다. 어머니와 내가 몇 번씩 얘기해서 설득을 해도 아버지는 고집불통이었고, 무언가 자신의 뜻대로 되질 않으면 늘 화를 내셨다. 이런 아버지 때문에 언제부턴가 병원에서 전화가 걸려올 때면 걱정 아닌 한숨부터 나오기 시작했다.

한번은 그런 일이 있었다. 재활병원으로 옮겨진 아버지가 대학병원에서 외래 진료를 받아야 했던 날인데, 문제는 대학병원에서 진료를 다 마치고 난 뒤 생겼다. 아버지가 재활병원에 돌아가기를 원치 않으셨기 때문이다. 아마 건강했을 때도 하루에 몇 번씩 샤워를 하며 자신을 깔끔히 돌보던 사람이 자신의 의지로 씻을 수 없는 것은 물론 한 병실에서 여러 명과 함께 지내야 하는 것이 힘드셨던 것 같다.

“그러면 어떻게 하고 싶으신 거냐”라는 나의 물음에 아버지는 기다렸다는 듯이 “집에 가고 싶다”라고 하셨다. 물론 당연히 안 된다고 했다. 그와 실랑이를 하면서 내 목소리는 점점 더 커져 갔다. 처음에는 귀가 잘 안 들리는 아버지를 위해 크게 말하고자 했던 것인데 시간이 갈수록 불만, 지침, 속상함 등의 복합적인 감정이 더해지면서 날카로운 말들이 나왔다. 그런 나의 모습에 아버지는 자신이 알아서 하겠다며 재활병원도, 집도 아닌 다른 곳으로 가 어디서든 지내겠다고 선언하셨다.

웃음도 안 났다. 당장 가진 것은 하나도 없는 양반이 어딜 가겠다는 것일까 생각했다. 그 순간, 이렇게 있다가는 화를 더 낼 것 같아 아버지를 두고 잠시 자리를 비웠다. 당연히 ‘설마 어디 가시지는 않겠지’ 하는 생각이었다. 그러나 다시 자리로 돌아왔을 때 아버지가 보이질 않았다.

오만 생각이 다 들었다. 가족의 팔과 지팡이에 힘을 빌리지 않으면 스스로 걷는 것도 힘들어하는 양반이 언덕에 있는 이 병원에서 어디로 간 것인지, 혹시나 걷다가 넘어져 다치지는 않았는지, 하는 생각에 온 병원을 헤집고 다녔다. 그렇게 얼마나 지났을까, 혹시나 하는 마음에 병원 근처의 약국으로 뛰어 들어갔는데 거기에 아버지가 앉아 계셨다. 그 모습에 아까까지만 해도 정신없이 아버지를 찾아다니던 아들의 마음은 사라진 지 오래였다.

나는 그에게 평생 나를, 우리 가족을 안 볼 자신이 있으시냐고 했고, 아버지는 그러겠노라고 대답하셨다. 그에 "그럼 그렇게 하시라"라고 얘기하고선 마치 집으로 가는 것처럼 하여 발걸음을 옮겼다. 그리고 아버지가 보일 정도의 거리까지 가서 숨은 뒤 그를 바라봤다.

나이가 들고 아파서 어느새 초라해진 모습으로 지팡이를 짚고 있는 아버지가 보였다. 방금 전까지 큰소리만 잘 쳤던 아버지는 한참을 조용히 그 자리에 서 계셨다. 마음이 아팠다. 어쩐지 울고 싶었던 것 같은데, 울진 않았다.

사실 어찌해야 할지 몰랐던 건 나도, 아버지도 마찬가지였을 것이다. 숨어 있던 곳에서 나와 아버지께 걸어갔다. 그리고 말을 걸었다. 아니, 설득하려 노력했다. 재활병원에 가자고. 아버지 답답한 건 알지만, 건강을 좀 찾고 나면 그때는 집으로 모시겠다고. 그제서야 누그러진 아버지는 눈물을 보이셨고, 그런 그를 재활병원으로 무사히 모실 수 있었다.

물론 그 이후로도 사소한 다툼은 계속됐다. 아버지가 또 재활병원을 탈출하시는 사건도 일어나기도 했다. 그때마다 화가 날 때면 언젠가 멀리서 아버지를 바라봤던 순간을 떠올린다. 어렸을 적 그저 크게만 느껴지던 듬직한 풍채는 오간 데 없이 이제는 자신의 힘으로 걷는 것도 버거워 지팡이에 의존해 서 계시던 아버지의 모습을.

(2장)

이토록 안녕한 날들

날것의 그것

(열여섯 번째 시선)

날것으로 먹는 음식을 좋아한다. 그래서 술을 마실 때도 육회나 회 등의 술안주를 선호하고, 또 즐겨 먹는다. 가끔 주위에서 왜 이렇게 날것을 좋아하냐고 물을 정도로 좋아하는 편인데, 그때마다 "인생도 날로 먹고 싶어서요"라는 우스갯소리를 남겼지만 사실은 날것에서만 느낄 수 있는 본연의 느낌을 좋아하기 때문이다. 양념되지 않은 그 순수한 맛. 좀 더 솔직해지자면 굽고, 끓이고, 익히고 하는 시간을 기다리지 못하는 성격 때문이라고 할 수도 있겠다.

이런 성격 때문인지 무언가를 찍을 때도 대부분 기본

카메라를 애용해 왔고, 또 좋아하는 편이다. 카메라에 잡힌 모습과 색감 그대로 자연스러움이 묻어 나는 게 좋다. 그런 내게 '꼭 날것만이 좋은 건 아니야'라는 생각을 일깨워 준 하루가 있었다.

그날은 회사 행사를 마치고 난 뒤 반포 시민한강공원에서 여유로운 시간을 보내고 있었다.

미세먼지가 많기는 했지만 무리해서 걸을 건 아니라 신경 쓰지 않고 걸었다. 거기다 언뜻 보기에도 좋은 날씨와 예쁜 풍경들에 기분이 좋았다. 그 기분으로 여자친구에게 '나 걷고 있다'는 인증샷을 보내주려고 하다 보니, 문득 필름 카메라 앱을 한번 써 보고 싶었다.

여자친구는 나와 달리 필름 카메라로 사진 찍는 것을 좋아한다. 그래서 오로지 그녀를 위해 다운받아 놓은 필름 카메라 앱이 하나 있었는데(그래 놓고도 잘 쓰지 않았던 것 같긴 하지만 아무튼 광고가 너무 좋아 혹하는 마음에 샀던 것 같다) 결국 이 앱을 오랜만에 열었다.

처음에는 역시 얼굴이 찌푸려졌다. 내가 내 눈으로 바라보는 세상과 카메라 앱을 통해 바라본 세상의 색이 달랐기 때문이다. (있는 그대로 충분히 아름다운 색을 지닌 세상이니까.) 그래도 여자친구에게 보여 주기로 마음먹었던 만큼 불편한 마음은 잠시 접어 두고 다시 카메라를 들어 열심히 찍었다.

그리고 얼마 지나지 않아 앨범에 들어갔는데, 사진을 찍던 그 짧은 순간에 벌써 이 앱에 적응한 것일까? 필름 카메라 속 세상은 또 다르게 아름답고 예뻐 보였다.

처음 찍고, 처음 마주해 본 그 세상도 어쩐지 마음에 들었다. 그동안 혼자만의 편견 때문에 카메라 어플은 거들떠보지도 않았던 날들이 후회되는 순간이었다.

때때로 우리는 다른 누군가 혹은 무언가에 대해 자신만의 기준으로 평가할 때가 많다. 나 역시 예외는 아니다. '이 사람은 좋은 사람이야' '이 사람은 안 되겠는데?' '이 사람과 알고 지내는 게 도움이 될까?' 등 지극히 주관적인 나만의 기준이 있었다. 거기에 맞춰 세상을 바라봤다. 그러니까 지금껏 내가 선호했던 '날것'의 개념과 같았다. 내가 정한 기준이지, 남을 위한 기준이 아니었기 때문이다.

수많은 사람들이 함께 살아가는 세상이다. 그렇지만 태어나 죽을 때까지 한 번 마주치지 않을 사람들도 있다.

그런 우리가 만난다. 살아온 환경이 다르기에 생각도 다른 사람들. 그러니 자신이 정한 기준이 있더라도 약간의 양념이 필요하다. 끓이던가, 조리던가, 아니면 굽던가 상황에 맞는 조리 방법이 필요하다.

다만 그 양념의 양도, 조리 방법도 적당해야 요리가 더 맛있어지는 법이다. 말로만 들어서는 알 수 없다. 우리가 직접 넣어 보고, 해 봐야만 알 수 있는 것들이다.

물론 엉망이 될 수도 있다. 뭐 어떤가, 요리가 엉망이 되면 버리고 다시 시작하면 된다. 처음부터 요리를 잘할 수는 없지만 하다 보면 익숙해질 것이다. 양념을 얼마나 넣을지 또 얼마나 굽거나 끓일지, 각자의 감이라는 게 생기기 마련이니까.

사실 내게도 여전히 어려운 문제다. 그럼에도 불구하고 양념의 맛을 알게 된 이상, 이제는 다양한 양념들을 맛보고 즐기며 살아 보려고 한다. 그러니 이 글을 읽는 여러분들도 적당한 양념과 조리 방법을 통해 다양하고 새로운 맛을 받아들일 줄 아는 사람이 되기를 바란다. 한 명의 요리사이자 미식가가 될 당신을 응원한다.

어떻게 쓸 것인가

(열일곱 번째 시선)

책을 읽는 사람은 줄어드는데, 책을 쓰고 만들려는 사람은 늘어나고 있다. 그러다 보니 글을 쓰는 플랫폼도 다양하게 생겼다. 이제는 꼭 등단해서 상을 받아야만 '작가'라고 불리는 시대가 아니다. SNS에 글을 써서 몇만 명의 팬을 가진 사람도 작가이고, 몇만 명의 팬이 아니더라도 자신의 생각들을 드러낼 수 있는 사람이 작가인 것이다. 그 사람들의 글이 묶여 책이 되는 시대다.

글쓰기에 관한 책도 많아졌다. 과거만 해도 작가라고 불리는 이들은 얼마나 글을 잘 쓰기에 '글을 쓰는 방법'에 관한 책까지 쓸 수 있는 것인지 궁금했지만 그렇다고 굳이 사서 읽었던 적은 없다. 그때 나는 글을 쓸 사람도 아니었거니와 글을 쓸 깜냥도 되지 않는다고 생각했다. 그러다 보니 주로 무언가를 쓰기보다는 읽는 경우가 더 많았다.

하지만 사람이라는 게 어느 정도 책을 읽다 보면 문득 글을 쓰고 싶다는 생각이 드는 것 같다. 특히 나처럼 SNS를 좋아하는 이라면 더 그렇다.

책을 읽으면 읽을수록 리뷰 하나는 끝내주게 쓰고 싶었다. 리뷰를 잘 쓰고 싶은 이유도 단 하나였다. 누군가 내 리뷰를 읽고 그 책을 사는 것, 다름 아닌 그것이 책을 업으로 살아가는 사람으로서 직장에 계속 다닐 수 있는 최선의 방법이라고 생각했다. (놀랍게도 책 리뷰 잘 쓰는 방법을 알려 주는 책도 있다.) 어쨌든 회사가 잘 돼야 나도 잘 되는 것이니 말이다.

그런 마음에 몇 권의 책을 사서 읽기는 했지만 결과적으로 큰 도움이 되지는 않았다. 그렇다고 그 책이 좋지 않았다는 말을 하는 건 아니다.

내가 하고 싶은 말은 세상엔 글 쓰는 방법을 알려 주는 책도 있지만 일단 무엇이든, 어떤 책이든 우선 많이 읽었으면 한다는 거다(여기서 무엇이라고 말한 건 신문을 포함하여 지하철 노선도의 글씨, 과자 봉투에 쓰인 글씨 등 읽을 수 있는 모든 것을 의미한다). 각각 형태는 달라도 문장과 문장으로 이루어진 것들이라 그 어느 책보다 의미 있는 도움이 될 것이다. 결국 읽어야 답이 생긴다. 그러니 많이들 읽고 또 읽었으면 좋겠다. 언젠가는 쓰게 될 것이니.

생겼거나 사라졌거나

(열여덟 번째 시선)

살면서 끊임없이 무언가가 생기고, 생겼다가 금세 또 사라지고는 한다. 며칠 전만 해도 월급이란 것이 통장에 잠시 생겨났다가 카드값이라는 이름으로 금방 사라졌고, 맛있다고 소문난 집에 들어가 오래 기다려서 받은 음식이 금방 내 입속으로 사라져 버린 일들이 있었다.

월급과 맛있는 음식 못지 않게 사라졌다가 생겼다가 하는 것 중 하나가 관계인 것 같다. '어제의 적이 오늘의 동지'라는 말이 있듯이 어제는 좋아 죽다가도 오늘은 싫어졌다가 내일은 또 좋아질 수 있는 것들. 하루하루에 충실한 그런 감정들로 이어지는 것들.

'친하게 지내고 싶다' 혹은 '이 관계를 오랜 시간 잘 유지하고 싶다'는 마음이 불쑥 생기는 편이다. 그렇다고 사람 사귀는 걸 막 좋아하지는 않지만 내게 호의적인 사람들에 대해서는 유독 쉽게 마음이 생긴다.

하지만 그만큼 빨리 사라지기도 한다. 이런 걸 두고 '금사빠(금방 사랑에 빠지는)'라고 하던데, 그와 비슷한 것 같다.

그래서 꽤 친하게 지내던 사람들이 있었다. 비록 비즈니스적인 사이였다지만 나름 친하다고 생각했다. 물론 나 혼자만의 감정이었을지도 모르지만 어쨌든 그들을 위해, '우리'라 불리던 관계의 유지를 위해 나름대로 꽤 많은 것을 할애하곤 했다. 그 노력도 지금 와서 돌이켜 보면 결국 혼자만의 것이었다. 인간이란 얼마나 유약한 존재인가.

인스타그램에서 책을 나눠 주는 이벤트를 자주 하고 있다. 좋아하는 책을 나눠 주고, 그것이 독자들에게 특별한 계기가 되어 책을 읽었으면 하는 마음에서다. 하지만 세상은 넓고 다양한 사람이 존재하는 법. 그들이 내 마음과 같을 수만은 없어 속상할 때가 종종 있다.

어떤 사람들은 나를 팔로우했다가 책을 받거나 이벤트

에 당첨되지 않으면 누구보다 빠르게 그 관계를 끊어 버린다.

매번 SNS에서도 오래 갈 수 있는 무해한 관계를 꿈꿔 왔지만 이 또한 결국은 나만의 생각이었음을 요즘 자주 느낀다. 꿈은 꿈으로 남겨 둬야 한다는 말이 괜히 있는 게 아닌 것 같다. 물론 내가 나눠 준 책으로 사람들이 행복하면 됐다고 생각할 수도 있지만, 여전히 어려운 것을 보니 나는 아직 멀었다.

이런 내 이야기를 통해 말하고 싶은 게 있다면 자기 자신의 감정을 아끼는 사람이 되었으면 좋겠다는 거다. 남한테 좋은 일을 하고, 그들과 좋은 사이가 되는 것도 당연히 중요하지만 적어도 스스로를 먼저 생각하고 돌볼 줄 아는 사람이 되었으면 좋겠다.

지금도 나는 생기고 지워지는 이 감정들을 어쩌지 못해 늘 실패하고 있다. 그래도 괜찮다. 성공한 사람들의 이야기도 중요하지만 실패한 사람의 이야기도 분명 필요하기 때문이다. 그 이야기를 내가 하면 된다. 원래 실패는 성공의 어머니다. 나 역시 실패를 말함으로써 최초딩은 최중

딩을 향해 조금씩 나아가고 있다. 그렇게 조금씩 성장해 가는 것 아닐까.

후회의 골든타임

〔 열아홉 번째 시선 〕

얼마 전 저녁을 먹기 위해 한 식당에 들어갔다. 조그마한 가게여서 그런지 대기 시간이 꽤 있어 기다려야만 했다. 개인적으로 맛집이라고 해도 기다려서까지 먹는 것을 싫어하다 보니 다른 곳으로 갈까 고민도 했었지만, 지나간 시간이 아까워 우선은 기다려 보기로 했다.

처음부터 삐뚤어진 마음 때문이었을까, 가게 안에서 서빙하던 친구의 모습이 눈에 들어왔다. 머리는 노란색으로 염색을 하고, 옷은 추리닝을 입은 채 분주하게 일하는 모습을 보니 불현듯 '요즘 애들은 참…'이라는 생각이 들었다.

그리고는 바로 아차 싶었다. 어렸을 적 나도 보이는 것만으로 사람을 평가하는 어른들에게 환멸을 느끼곤 했는데, 세월이 지나 내게서 보이는 그들의 모습에 놀랐고, 아르바이트생에게 미안했다.

하나 더 고백하자면 겉모습만 보고 '저 친구 일을 잘할 것 같지는 않다'는 생각도 했다. 보기에 조금 어색한 모습으로 일하고 있었던 것을 내 마음에 따라 부정적으로 판단했다.

그는 사람들이 시킨 음식들을 가져다 주면서도 메뉴에 대한 안내와 설명에 소홀하지 않았다. 방금 전까지만 해도 내 눈에 보이지 않던 모습이었다. 사실 아르바이트생이 달라진 건 아무것도 없었을 것이다. 내가 들어오기 전에도, 들어온 후에도 그는 여전히 친절한 직원일 테니까. 단지 내 마음이 그랬고, 내 눈이 그랬던 거다.

그렇게 저녁을 먹고 나가려는데 또 다른 손님을 상대하던 그와 눈이 마주쳤다. 그는 바쁜 와중에도 우리를 향해 웃으며 인사를 해 주었고 나는 끝난 줄 알았던 반성을 또 해야 했다. 처음에는 내심 부끄러운 마음에 고개를 숙여 인사했다가 문득 아쉬워서 "잘 먹었습니다!" 인사까지 하고 나왔다.

한 시간도 되지 않은 시간 동안 몇 번이나 '나'라는 사람에 대해 생각했는지 모른다. 돌이켜 보면 어렸을 적 내 모습도 저 친구와 크게 다를 바 없었다. 학생 때는 교복을 줄여 입고, 다양한 색으로 머리를 염색하기도 하며 나름의 소소한 일탈을 즐겼다. 갓 성인이 되어서 머리를 길렀던 적도 있다. 저 친구보다 더했다면 더했을 것인데 어쩌다가 이렇게 변한 걸까 싶었다.

그나마 다행이라 생각하는 건, 내가 좋지 않은 이런 마음들을 스스로 자각하고 반성할 줄 아는 사람이라는 사실이다. (사람 겉모습만 보고 판단하는 그런 거, 진짜 하지 말아야지.)

소소하고 사사로운

(스무 번째 시선)

글을 쓰기 시작한 후부터 세상을 바라보는 시선이 조금씩 바뀌어 왔다. 그전에는 보이지 않았던 사람, 풍경, 변화 등이 어느새 눈에 들어오기 시작했다. 매일 다니던 길이라 사실 새로울 것도 없는데 새롭게 느껴지는 걸 보니 확실히 내가 변하긴 한 것 같다.

나는 무언가 써야 할 때면 늘 집 근처 카페에 간다. 목을 축이면서도 잠을 깰 수 있는 아이스 아메리카노 한 잔과 적당한 소음 그리고 내 취향에 꼭 들어맞는 노래 선곡까지. 어떤 어려운 일도 거뜬히 할 수 있게 만드는 그곳.

오늘도 어김없이 한 짐을 챙겨 카페로 향했다.

자주 가는 카페에 가려면 횡단보도를 여러 번 건너야 한다. 내 앞의 붉은색 신호가 바뀌기만을 기다리고 있는데, 그 사이에 멋지고 당찬 걸음의 한 여성분이 건너기 시작했다. 신호는 여전히 붉은색이었다. 먼저 간 그녀는 긴 머리를 휘날리면서 계속 앞으로 나아갔고, 어느새 푸른색으로 변한 신호를 따라 사람들이 건넜다.

횡단보도 바로 근처의 대로변에는 노점을 하시는 분들이 있다. 할머니 한 분과 아주머니 한 분이 계시는데, 할머니는 과일을 파시고 아주머니는 옷을 판매하신다. 생각해 보면 그리 어울리는 조합은 아닌데, 오며 가며 자주 보니 잘 어울려 보이신다. 물론 여기서 옷을 사거나 과일을 산 적은 없지만 말하자면 일종의 '내적 친분', 뭐 그런 거랄까. 생각해 보면 낯선 것이 익숙함으로 변하는 데는 오랜 시간만큼 확실한 게 없는 것 같다.

한번 더 길을 건너니 할아버지 한 분이 연신 기침을 하고 계셨다. 마침 가방에 사은품으로 만들었던 손수건이 하나 있어 건네드렸다. 이 손수건으로 당장의 기침을 막을 수 없겠지만, 적어도 손으로 입을 가리며 기침하시던 할

아버지의 손을 닦는 데는 도움이 되지 않을까 싶었다. 할아버지는 기침을 계속 하면서도 나에게 고맙다고 하셨다. 2019년 10월 6일 어느 날 길가에서 손수건을 건네준 청년의 마음을, 할아버지가 오래오래 기억해 주시기를. 가끔 그날을 떠올리며 건강하고 행복하게 웃으셨으면 좋겠다.

오늘은 평소에 가던 카페가 아닌 다른 카페로 들어왔다. 써야 할 글이 제법 많아 조금 일찍 나왔기 때문이다(자주 가는 카페는 오후 세 시나 되어야 문을 여는데, 사장님이 건물주거나 돈이 많으셔서 취미생활로 하시는 건 아닌지 가끔 궁금하다. 부럽다는 말이다).

이곳도 동네 사람들에게 인기가 많은데 아쉽게도 충전기를 꼽을 수 있는 곳이 많지가 않다. 카페에서 각종 작업을 하는 사람들은 공감하시겠지만 나에게, 우리에게 콘센트가 없는 좌석이란 이어폰 없는 출근길이나 다름없다. 그래도 일찍 온 덕분에 카페에 손님이라곤 나밖에 없어 콘센트 바로 옆자리에 앉을 수 있었다. 역시 일찍 일어나는 새가 벌레를 잡듯, 일찍 나온 최초딩이 콘센트를 차지하는 법이다.

자리에 앉아 무엇을 시킬까 고민을 한다. 원래 같으면

출근하는 날에는 서너 잔, 쉬는 날에는 한두 잔 정도 커피를 마시곤 했는데 최근 들어 커피만 마시면 울트라 각성 상태가 계속되어 조금 줄이는 중이었다.

하지만 최선을 다해 에너지를 써야 하는 날인 만큼 고민을 하다 결국 아이스 아메리카노 한 잔을 시켜 마셨다. 이렇게 맛있을 수가. 피가 돈다는 게 이런 거구나 싶었다. 때로는 참고 참다가 경험하게 되는 것들에서만 느낄 수 있는 기쁨이 있는 것 같다.

사실 최근에 나는 꽤 불행한 사람이라는 생각을 자주 했다. 그런데 똑같은 하루도 이렇게 달리 생각하고 글로 옮겨 적다 보니 괜스레 웃음이 났다. 나란 사람은 원래 작은 것도 큰 기쁨으로 받아들일 수 있는 사람이구나 싶었다. 누군가에게는 소소하기 그지없는 이 일들이 생각하기에 따라서는 큰 즐거움이 될 수 있음을 배워 가는 중이다.

지금 힘들고 좋지 않은 생각들이 든다면 펜과 종이를 챙겨 나와 집에서 가장 가까운 카페로 향해 보는 건 어떨까. 조금 멀리 떨어진 곳도 괜찮다. 그곳으로 향하는 길에 푸른 하늘을 보고, 맑은 공기도 좀 느끼며 있는 힘껏 여유를 누려 보는 거다.

그리고는 카페에 들어가 가지고 온 펜과 종이로 뭐든 써 보자. 오는 길에 느꼈던 감정도 좋고, 최근에 행복했던 순간들도 좋다. 아니면 나를 힘들게 하는 것들에 대한 글도 좋다.

지금껏 복잡하게만 느껴졌던 것들이 정리되면서 다시 일어설 힘이 생길 것이다.

세월은 가고

요즘은 핸드폰만 있으면 안 되는 게 없는 세상이다. 굳이 검색을 해서 가게의 번호를 찾을 필요가 없으며, 결제 또한 몇 번의 액정 터치 후 쳐다보고 있으면 핸드폰에 등록된 카드로 자동 결제가 이루어진다.

내가 중학생 때만 해도 핸드폰으로 결제를 하고 내비게이션으로 길을 찾는 등의 일은 꿈조차 꿀 수 없었는데 이러다가는 언젠가 하늘을 날아다니는 시대도 곧 오는 건 아닌지 모르겠다.

하루는 어김없이 아침을 먹고 있었는데, 아버지께서

핸드폰을 보여 주셨다. 화면에는 카카오톡 메신저가 열려 있었다.

오늘날 우리에게는 쉴 틈도 없이 "카톡!" "카톡!" 하고 울리는 이 노란 화면이 익숙하지만 아버지 세대에게는 그렇지 않다. 스마트폰을 쓰게 된 게 벌써 언제 적 이야기인데 아직도 익숙지 않냐고 하겠지만 연세가 많은 나의 아버지는 모르시는 게 당연하다. (물론 어머니도.)

그렇다고 해서 86년생인 내가 부모님 앞에 앉아 살갑게 스마트폰 강의를 해 드리거나 하지도 않았다. 이건 어떻게 하는 거냐는 부모님의 물음에도 바쁘다는 핑계로 다음에 알려드리겠다며 넘어가려고 하기 일쑤였다.

그랬던 날들을 지금에 와서야 후회한다. 어느 순간부터 카카오톡을 쓰기 시작한 아버지는 내게 사진을 자주 보내 주시는데, 더 일찍 알려드렸다면 그와의 대화창에 우리의 시간이 좀 더 녹아 있지 않을까 싶은 마음에서다.

아버지의 핸드폰에는 그가 내 여자친구와 나눴던 대화창이 켜져 있었다. 아버지는 여자친구에게 글귀가 담긴 사진을 보내셨고, 그녀는 최근에 출시되어 한창 인기 있는 펭수 이모티콘으로 답장했다. 그건 기존의 것과 다르게 누르면 펭수가 움직이고 음성도 함께 들렸는데, 아버지는 신기하셨는지 내게 보라며 자꾸만 이모티콘을 누르셨다. 그럴 때마다 펭수는 움직이며 다양한 소리를 냈다.

사실 나에게 이런 이모티콘들은 크게 신기하거나 놀랄 만한 것이 아니다. 신기하다는 생각조차 하지 못할 만큼 당연한 일상이니까. 하지만 아버지에게는 아니었던 거다. 그 생각을 하니 부모님께 참 무심한 아들이었구나 싶어 또 후회를 했다.

지금도 그렇고 앞으로도 내가 당연하다고 누릴 이것들이 그들에게는 어찌할 수 없는 세월이 되어 버린 것만 같아 문득 마음이 안 좋았다. 밥상 앞에 앉으신 부모님의 얼굴을 보니 자꾸 목이 마르고 눈물이 났다.

앞에 있는 청국장을 가득 펐다. 입에는 이미 음식물이 가득한데도 청국장을 자꾸만 밀어 넣어 올라오는 나의 감정들도 밀어 넣었다.

지금보다 더 많은 시간이 흐르고, 새로운 시대가 왔을 때 나 또한 비슷한 상황을 겪을지도 모르겠다. 아니, 분명히 겪을 것이다. 언젠가 나의 부모님처럼 밥상에 앉아 자식들에게 핸드폰을 내밀며 "이건 어떻게 하니?" 말을 걸거나, 움직이고 소리 나는 것들을 자꾸 누르며 신기해 하는 날이 올 때, 그때는 부모님의 마음을 이해할 수 있을까?

만약 그럴 수 있다면 끊임없이 입안으로 밀어 넣었던 그날의 청국장 맛도 함께 떠올랐으면 좋겠다.

어느 날의 출근길

(스물두 번째 시선)

어느 날의 출근길 아침이었다. 평소보다 늦잠을 잔 탓에 서둘러 출근 준비를 했는데, 너무 서두른 탓에 오히려 여유가 생겨 버렸다. 뜬금없이 생긴 여유 덕분에 당황스럽기는 했지만 가벼워진 마음따라 발걸음도 가벼워졌다. 원래 같으면 급하게 가느라 놓쳤을 주위를 한번 살피고, 지나가는 사람들의 표정도 보면서 걸으니 사뭇 새로웠다. 그리고 그 시선들의 끝에는 아파트 주변을 열심히 관리해 주시는 경비 아저씨들이 있었다.

내가 출근을 하기 위해 집에서 나오는 시간은 보통 7시

30분쯤이다. 그 시간이면 늘 누구보다 먼저 나와 밤새 떨어진 나뭇잎이나 사람들이 버린 쓰레기들을 빗자루로 쓸어 내는 경비 아저씨들이 계신다. 그분들 덕분에 매일 아침 깨끗한 길을 걸을 수 있다는 생각을 하고, 항상 감사하다.

요즘에는 어느 아파트를 가도 경비 아저씨들을 뵐 수 있는데 어림잡아도 분명 연세가 지긋하신 분들이다. 그래서 가끔은 '우리가 많은 도움을 받는 만큼 저분들도 우리의 도움을 필요로 하실 때가 있지 않을까?' 싶을 때가 있다. 아무래도 그들 대부분이 나의 아버지와 비슷한 연세이기에 더 그런 것일지도 모르겠다.

그날 출근길 역시 자신보다 큰 빗자루를 든 경비 아저씨 한 분이 지나가는 사람들을 피해 나뭇잎을 쓸고 계셨다. 그의 모습을 보면서 우리의 일상에 당연한 것은 없다는 생각을 잠시 했다. 당장 나만 해도 조그마한 방에 떨어진 머리카락을 청소하는 게 귀찮을 때가 있다. 근데 그 공간보다 훨씬 넓은 대단지의 아파트를 매일 같이 깨끗이 청소하고, 잘 알지도 못하는 누군가의 편의를 위해 노력해 주시는 그분들의 수고가 새삼 크게만 느껴졌다.

그들과 나는 같은 공간에서 살아가고 있는 동시에 어쩌면 평생 얼굴 한번 제대로 마주치지 못한 채 생면부지의 남으로 살아갈지도 모른다. 하지만 그건 중요하지 않다. 매일 걸어도 깨끗한 아파트 단지를 보며 나는 그분들을 떠올릴 것이고, 그때마다 감사한 마음을 담아 인사드릴 거니까.

나도 그런 사람이 되고 싶다. 얼굴 한번 보지 않은, 끝내 마주치지 않을 사람들일지라도 그들을 위해 좋은 책을 알리고 도움이 될 수 있는 그런 사람.

세상이 빠르게 변하는 만큼 볼 것도 많아졌다. 대부분의 사람들은 고개를 숙인 채 핸드폰만 바라보며 각자 가려던 길을 간다. 어쩌면 오늘날 우리의 세상은 이 자그마한 핸드폰 액정에 갇혀 있는 것일지도 모르겠다. 잠시라도 시간을 내어 거리를 둘러보자. 그동안 그냥 지나쳤던 거리의 풍경이 새롭게 그리고 고맙게 느껴질 것이다.

소유욕

어렸을 적부터 가지고 싶은 것은 꼭 가져야 했고 먹고 싶은 것은 꼭 먹어야 했다. 안 그럼 배가 아팠다. 그렇다고 가지고 싶은 게 많았던 것도, 먹고 싶은 게 많았던 것도 아니다. 아주 가끔 그랬다(물론 내 기준이다).

가지고 싶다고 생각했던 것을 갖지 못하면 고래고래 소리를 지르거나 떼를 쓰는 것이 아니라 혼자 조용히 방 한구석에 앉아 식음을 전폐하며 아팠다. 그러면서까지 내가 갖고자 했던 건 장난감도 있었겠지만, 바쁘셨던 부모님의 사랑과 형, 누나의 관심까지 포함한 모든 것이었다. 그때 눈치와 함께 강력한 소유욕이 생겨 버렸다. 어린 나이에 그토록 소중하게 얻어 낸 것들을 나는 쉽사리 버리지 못했다. 서른다섯이 된 지금도 여전하다.

버릇처럼 버리지 못하고 가지고 있는 것에 대해 몇 가지 말해 보자면, 일단 유치원 다니던 시절에 받았던 편지와 상장이다. 사실 이건 어느 집이나 찾아 보면 있을 기록이지만 나는 아직도 가끔 꺼내 보고 추억을 회상할 때가 많다. (어렸을 땐 제법 귀여웠는데 커서는 어찌 이렇게 된 걸까?)

또 하나는 초중고 시절에 받았던 편지와 다이어리 등이다. 지금 보면 정말 손발을 필 수 없을 정도의 오글거림이 판도라의 상자처럼 봉인되어 있는데, 혹시나 모를 공격에 공개되는 순간 내 손발은 없어질지도 모르겠다.

취미 생활에 관한 것도 있다. 한때 유행이었던 우표를 모으기도 했고, 만화가들의 사인을 받아 모으기도 했다. 대체로 하나에 빠지면 헤어나오질 못하는 성격이라 겁도 없이 혼자 먼 거리를 돌아다니며 우표를 사고 사인을 받았던 기억들 전부가 내 방에 고이 모셔져 있다.

그 이후로 훌쩍 커버린 나는 또 책을 모으는 취미가 생겼다. 좋아하는 작가의 '초판'이라던가 '한정판'이라고 하면 적게는 네다섯 권에서 많게는 수십 권을 사서 소장해 왔다. 그 목록으로는 이석원 작가의 『보통의 존재』(달) 블랙 에디션과 박정민 배우의 『쓸 만한 인간』(상상출판) 양장본이 있다. 이외에도 많은 작가의 초판 한정본을 가지고 있는데, 몇 권씩 사두고 소중한 이에게 나눠 주곤 한다.

박정민 배우의 책은 이미 많은 팬분께 나눠 드렸고 블랙 에디션은 80여 권 가운데 아직 10권 이상이 남아 있다. 아마 이석원 작가의 팬이라고 지칭하는 이 중에 나만큼 블랙 에디션을 많이 보유하고 있는 사람은 없을 것이다. (그렇다. 자랑이 맞다.)

기억력이 좋은 건지 모르지만, 누군가한테 받았던 마음들 또한 꽤 깊이 기억하고 소유하는 편이다. 그것들이 좋은 기억으로만 남아 있다면 좋으련만 어쩐지 나에게 상처가 된 순간들이 더 마음에 남는다. 이런 감정은 그때그때 버릴 줄도 알아야 하는데, 오랫동안 마음 한편에 놔 두고 이따금 꺼내 보며 아파한다.

어떻게 보면 내 소유욕에 대한 단점만 잔뜩 나열한 것 같지만, 사실 이런 소유욕 덕분에 지금의 내가 있을 수 있다. 다만 한가지 소망한다면, 이제는 내가 조금은 버릴 줄도 아는 사람이 되었으면 한다는 거다. 그동안 무언가를 끊임없이 기억하고 소유해 왔던 것만큼 찼을 땐 잘 비우는 법도 아는 사람이 되고 싶다.

올해로 서른다섯 살이 됐다. 개인적으로는 오래 살았다고 말하기도 애매하고, 그렇다고 너무 적게 살았다고 말하기도 애매한 나이라고 생각한다.

어렸을 적에는 그랬다. 그저 신분증을 보이고서 성인의 몸과 마음으로 즐길 수 있는 것은 전부 즐기고 싶었다. 밤늦게까지 놀고 싶어도, 한두 번의 소소한 일탈을 해 보고 싶어도 성인이 아니라는 이유로, 그러니까 국가에서 정해 둔 합법적인 어른이 아니라는 이유로 하지 못하는 것들이 너무 많았기에 가능하면 조금이라도 빨리 나이를 먹고 싶었다.

어른이 된 지금은 그 시절 나에게 왜 그렇게 빨리 어른이 되고 싶어 했는지 묻고 싶다. 그저 어른들이 하지 말라던 것들은 더 하고 싶은 반발심 때문이었을까. 사실 따지고 보면 과거의 나와 현재의 나 사이에 드라마틱한 변화는 없다. 그나마 크게 달라진 점이라고 하면 키가 좀 컸고, 학교가 아닌 회사에 가고, 부모님께 용돈을 받는 대신 드리고 있다는 거다. 과연 어린 시절의 나는 무엇을 위해 그토록 어른이 되고 싶었던 걸까. 가끔은 조금 후회가 된다. 어찌할 수 없던 시간들 속에서 별 다른 준비 없이 어른이 되어 버린 게 아닐까 싶어서.

문득 핸드폰 앨범의 목록을 위로 올려 시간을 거슬러 본다. 몇 년 전 찍은 나와 내 소중한 사람들의 사진들로 가득하다. 앨범 속 나와 그들의 모습은 지금 많이도 변해 있다. 아버지는 그때보다 여위셨고, 어머니는 흰머리가 생기셨으며 꽤나 짧았던 여자친구의 머리카락은 허리까지 올 정도로 길었다. 그때는 친구들과도 자주 만나 그 시간들이 모두 사진으로 남아 있는데 이제는 일주일치를 올려 봐도, 이주일치를 올려 봐도 누군가와 함께한 시간들을 찾기 힘들어졌다.

그럼에도 내가 어른이라는 사실이 다행처럼 여겨질 때가 있다. 이 세상을 예전보다 따뜻하게 바라보게 됐고 거기서 느낀 마음들을 있는 그대로 표현할 줄 아는 사람이 되었다. 밤늦게까지 붕어빵을 파시는 할머님의 붕어빵을 먹으며 "너무 맛있어요"라는 말을 할 수 있고, 또 추운 날 전단지를 나눠 주시는 분들의 종이를 두 손으로 받으며 인사할 수 있다. 그럴 땐 추운 날씨에, 조금이라도 일찍 들어가셨으면 하는 마음을 담는다. 종종 이런 마음들이 벅찰 때도 있다. 신경 쓰이는 것들을 쉽게 지나칠 수 있는 성격이 못 되기 때문이다.

과거에는 오로지 내가 좋아하고 재밌어 하는 것들에만 정신이 팔려 그 외의 것들은 생각할 수 없었다. 근데 나이를 먹고, 꽤 오랜 시간을 살다 보니 자연스레 내 주변이 눈에 들어오기 시작했다. 이제는 그들을 향해 손을 내밀 수도 있고, 내민 손을 잡을 수도 있는 사람이 됐다. 지금껏 내가 받았던 소중한 마음을 이제는 돌려줄 수 있음에 감사하다. 물론 그 전부를 갚기에는 시간이 충분하지 않다는 것을 안다. 단지 그 일부라도 돌려줄 수 있는 어른, 그런 어른이고 싶다.

거리에서

(스물다섯 번째 시선)

아버지가 입원해 계신 곳은 한양대학교 안에 있는 병원이다. 그를 뵈러 가기 위해서는 왕십리역에서 내려 병원 셔틀버스나 택시를 타야 한다. 하지만 주로 회사에서 일을 마치고 가는 나에게 최선의 방법은 늘 걸어가는 것이었다. 그 시간이면 셔틀버스 운영 시간은 끝나고, 택시를 타자니 돈이 아깝기 때문이다.

지하철역에서 병원까지 걷다 보면 많은 생각을 하게 된다. 우선 아픈 아버지를 만나러 가는 길이니 그것에 대해 자주 생각한다. '사람은 태어나서 왜 아파야 하는 걸까?' '아버지는 좋아지실 수 있을까?' 등의 질문을 하다 보면 자연스레 우울해지는 마음을 지울 수가 없다.

사실 나는 걷는 것을 좋아하지는 않는다. 걷다 보면 생각이 끝도 없이 많아지니까. 좋은 생각을 하는 거면 상관없겠지만, 내가 하는 생각의 대부분은 우울하기 그지없다. 특히 최근에는 더더욱 그랬다. 병원을 가기 위해서 어쩔 수 없이 걸어야 했을 뿐이다.

주위를 둘러볼 겨를 없이 한 번은 땅, 한 번은 하늘만을 번갈아 보며 걸었다. 그렇게 몇 발자국 걸으니 왕십리의 길거리가 눈에 들어오기 시작했다. 왕십리역에서 병원으로 가는 길은 길다면 길고 짧다면 짧은데, 그 거리는 소위 '번화가'라고 불리는 곳이라 밥을 먹으러 오거나 술을 마시러 오는 사람들이 많다.

삶이 참 얄궂다는 생각을 했다. 아픈 사람을 향해 걸어가는 길에 각자의 만남을 즐기며 웃고 떠드는 사람이 가득한 곳을 지나가야 한다니. 나는 지금 너무 슬프고 힘든데, 저 가게 안의 사람들은 뭐가 저리도 즐겁고 웃긴 걸까. 기쁨과 슬픔이 공존하는 이 거리가 꽤나 쓸쓸하다고 느꼈다. 가게 안에서 술잔을 부딪치며 웃고 이야기 나누는 그들이 내심 부럽기도 했다.

생각해 보면 쓸쓸하다는 감정을 느낀 건 모순적인 일이었다. 나도 부모님이 아프시기 전까진 이 거리의 수많은 가게 중 한 곳에 들어가 친구들과 저녁 겸 술을 먹으며 웃고 떠들었을 테니까.

그때 병원으로 향했을 누군가는 웃고 있던 내 모습을 보며 지금의 나처럼 생각했을지 모른다. 문득 아무리 많은 일을 겪으며 살아도 직접 경험하지 않고서는 끝내 알 수 없는 마음들이 이 세상에는 너무나 많다는 생각이 스쳤다.

다 안다고 생각해도 모를 수 있는 감정이 있다. 과연 가끔씩 가게에 앉아 밥이나 술을 먹던 나는 내내 즐겁고 유쾌하기만 했을까? 그런 것도 아니었다. 돌이켜 보니 즐거워서 마실 때도 있었지만, 슬프거나 힘들었을 때도 많았다.

내가 거리를 지나며 봤던 가게 안의 사람들을 생각해 본다. 좋은 일로 술잔을 부딪치는 사람들도 있었겠지만, 슬픔을 잊기 위해 혹은 잠시 내려 놓기 위해 술잔을 부딪쳤을지도, 아니 부딪쳐야만 했을지도 모른다. 그동안 속으로만 묵혔던 감정과 생각을 끄집어 내어 정리하고 나니 잠시나마 그들을 부러워만 했던 내가 바보처럼 느껴졌다.

아마도 이 거리를 걸으며 기뻐할 일은 꽤 오랫동안 없을 것 같다. 그렇다고 해서 기뻐하고 있는 누군가를 부러워하지도 않을 것이다. 다만 그날 밤 수많은 감정이 공존하는 그 거리를 걷고 또 걸으며 스스로에게 주어지는 상황에 그리고 마음에 나는 솔직해지기로 했다.

베스트 드라이버

(스물여섯 번째 시선)

어쩌다 보니 5월에 차를 사서 운전을 하고 있다. 주로 출퇴근을 할 때, 약속이 있을 때, 퇴근하는 여자친구를 데려다줄 때 많이 하는 편이다. 운전이라는 게 특별히 대단하다고 할 수 있는 일은 아니지만, 35년을 남이 운전해 주는 차만 타다가 내가 직접 운전을 하고 다니니 어색하면서도 신기하다.

또, 전에는 굳이 겪을 필요가 없던 일을 겪다 보니 경험의 폭이란 것도 조금은 더 넓어지는 것 같다. 언젠가 '하나의 경험은 한 사람의 세계를 키운다'는 말을 들은 적 있는데 운전을 해 오면서 이 말에 확신을 갖게 됐다.

도로 위에서 낯선 사람과 상황을 경계하고 달리는 것은 꽤나 에너지 소모가 큰 일이라 피곤하기는 하지만, 아직은 재밌는 게 더 크다. 재미가 있어서인지 좋은 기억도 덩달아 쌓인다.

차가 얼마나 빨리 달릴 수 있을까 생각해 보면서 엑셀을 있는 힘껏 눌러 본 기억, 아버지와 어머니를 모시고 드라이브했던 기억, 여자친구와 여기저기 다니면서 편한 데이트를 할 수 있었던 기억 등이 다양하게 있다.

그렇다고 마냥 좋았던 것만은 아니고, 안 좋았던 기억들도 꽤 있다. 좋았던 기억에 비해 안 좋았던 기억은 꽤 강렬하게 남는 법이라 몸은 물론 마음까지 오래 힘들어하곤 했다.

차를 산 지 정말 얼마 되지 않았을 때 사고가 난 적이 있다. 순간 드라마에서나 봤던 사고 장면이 떠올랐다. 서로 목을 잡고 나와 내린 뒤 욕을 하며 당신이 잘못했네, 내가 잘했네, 싸우는 장면. 첫 사고였던 터라 내가 잘못했는지, 잘했는지에 대한 판단은 없었다. 억울하기만 했다.

문을 열고 내리는 상대편 아저씨의 인상이 제법 무서

웠다. 나는 내리면서 그에게 다치진 않으셨는지 물었고, 잘잘못을 가릴 새도 없이 상대방을 보며 눈치를 살필 뿐이었다. 그런 내게 아저씨도 다친 곳은 없는지 물으셨고, 지나가는 다른 차들을 위해 한쪽으로 차를 옮겨서 얘기해 보자고 말씀하셨다.

그 말에 아까까지만 해도 내가 생각했던 상황이 아니라 머리에는 큰 물음표가 그려졌다. 하지만 일단 상대방이 하자는 대로 했고, 결과적으로는 각자의 보험사를 통해 원만히 해결할 수 있었다.

만약 그때 차에서 내린 아저씨가 다짜고짜 큰소리로 따지기부터 해 오셨다면 어땠을까. 그날의 사건은 또 다른 방향으로 흘러 갔을지도 모르겠다. 아마 지나가던 차와 사람들도 큰 불편을 겪었을 테고, 우리는 누군가에게 구경거리가 됐을 거다. 내가 잘했든, 못했든 잘 해결되어 다행이라고 생각했다. 처음부터 끝까지 젠틀한 태도를 보여 주셨던 상대방 아저씨께 감사한 마음도 들었다.

최근에는 운전을 매일 하면서 하루에 한 건의 사고는 꼭 보는 것 같은데, 어제는 세 건이나 봤다. 그 사고들에는 공통점이 있었는데 주위에 피해가 가든 말든 당사자들의 입장이 중요했다는 것이다. 나를 포함하여 그들 바로 뒤에서 기다리던 사람들은 영문도 모른 채 '차가 왜 이렇게 막힐까?' 생각했을 거다. 사고 현장에 막 다다라서는 질서 없는 싸움을 보고 무슨 생각을 했을까.

사실 나는 조금 욕했다. 사람들이 지나갈 수 있게 차량부터 좀 옮기고 그냥 보험사를 불렀으면 싶었다. 그 와중에 크게 다치진 사람은 없어 보여 다행이었다.

같은 경험일지라도 사람에 따라 누구는 더 크게 받아들이고, 누구는 덜 크게 받아들인다. 어쩌면 내가 너무 단순하게 혹은 착하게만 생각하는 것일지도 모른다. 그게 아니면 첫 사고에 대한 경험이 그다지 나쁜 편은 아니어서 더 그랬던 걸지도 모르겠다.

운전을 거듭하면 할수록 도로 위는 마치 사회의 축소판 같다는 생각을 한다. 어떻게든 먼저 가려는 사람이 있는 반면 자신의 속도에 맞춰 천천히 가려는 사람도 있다. 또 목적지를 위해 어쩔 수 없이 양보를 구하는 사람이 있기도 하다. 그러다 보면 조금 더 먼저 가려는 사람들끼리 욕심을 내다 부딪혀서 다치기도 한다.

나는 어떤 타입일까. 조금 더 빨리 가려는 타입일까. 아니면 내 속도에 맞춰 욕심내지 않고 가려는 사람일까. 당신은 어떤 사람인가.

걱정 말아요

(스물일곱 번째 시선)

간혹 인스타그램 메시지를 통해 나에게 고민을 물어 오는 사람들이 있다. 그럴 때면 과연 내가 질문에 답할 수 있는 사람인가 생각하지만, 나름대로 그 고민들에 답해 주고 있다.

물론 큰 도움이 될지는 잘 모르겠다. 다만 평생 얼굴 한 번 마주할 일이 있을까 하는 사람에게 속얘기를 털어 놓는 것만으로도 시원해질 때가 있으니 그들이 조금은 시원하길, 답답함을 덜기를 하는 바람이다.

내가 듣는 고민의 종류는 대체로 비슷하다. 아마 잘 모르는 이에게 고민 상담을 요청하는 일의 한계일지도 모르겠고, 아니면 대체로 사람 사는 게 비슷한 이유에서일지도 모르겠다.

가장 많았던 고민의 주제는 '관계'와 '이미지'였는데, 관계에 대해 이야기할 때는 답을 하면서도 알 수 없는 의문이 생겼다. 나야말로 세상에서 관계가 가장 어려운 사람이기 때문이다.

그들은 관계에 대해 걱정하면서 특히 자신의 이미지를 고민했다. 어떤 관계가 맺어지고 틀어지는 데 내가 남에게 잘 보였거나 잘 보이지 못한 것이 가장 큰 이유라고 생각했다. 얼핏 보면 살짝 다른 종류의 고민 같지만, 다른 듯 같은 고민이었다. 적어도 내가 생각하기엔 그랬다.

문득 나라는 사람의 이미지는 어떨까 궁금해졌다. 인스타그램을 하면서 불과 몇 년전까지만 해도 책 위주의 글을 올려왔다. 그런데 최근 들어 부모님이 아프시고 난 뒤에는 차마 그들에게는 티 낼 수 없던 마음들을 계속해서 글로 쏟아 냈다. 결국 책을 위해 나를 팔로우하고 있던 사람들은 하나둘 나를 떠났고, 비슷한 경험을 공유하는 사람들 그러니까 내가 느끼는 감정에 공감하는 사람들이 나를 팔로우하기 시작했다.

참 신기했다. 책에 대한 글을 올리는 것도 나고, 부모님에 관한 글을 올리는 것도 나인데 누구는 그래서 나를 떠나고, 누구는 그래서 나에게 다가온다.

인스타그램을 하면서 가장 많이 고민했던 게 하나 있다. 온라인 속 최초딩이라는 사람과 현실 속 최원석이라는 사람은 비슷한지, 그렇다면 얼마나 비슷한지에 대한 것이었다.

아무래도 SNS라는 건 가상의 세계이다 보니 실제 나보다 조금 더 나아 보이게끔 글을 쓰곤 한다. 나를 포장하고 좋은 사람으로 내보여 주변과의 관계를 유지해 나가기 위해서다.

회사를 다니고 있기 때문에 괜한 일로 회사 이미지에 피해가 되지 않길 바라는 마음도 있다. 업계가 좁은 탓에 관련된 많은 사람이 내 계정을 보고 있다는 이유만으로 나에게 내재된 '끼'와(말하자면 똘끼) 좋지 않은 감정들은 최대한 숨겨야 했다.

사람이 사람에게 온전히 맞추기 위해서는 그 사람을

얼마나 좋아해야 하는 것일까? 애초에 그 일들이 가당키나 한 걸까? 굳이 내 이미지를 그 사람에게 맞게 바꾸어야 유지가 되는 관계라면, 그렇다면 그 관계를 계속 이어가는 게 맞는 걸까? 이렇게 꼬리에 꼬리를 물고 생각하다 보니 멀쩡하던 관계도 자꾸 어그러지는 것 같다. 사실은 보이지 않아도 둘 다 노력하고 있을 텐데.

만약 지금 당신이 걱정하고 있는 어떤 관계가 있다면, 당신이 신경 쓰는 만큼 상대방도 나를 신경 쓰고 있을 것이다. 그러니 지금 옆에 있는 사람을 믿고, 그 사람과 맺어질 수 있었던 나를 믿고 괜한 걱정하지 않았으면 좋겠다.

몸으로 새긴 일

(스물여덟 번째 시선)

'머리로 배운 것보다 몸으로 체득한 것이 훨씬 더 오래 간다'는 말이 있다. 어렸을 적에 들었던 말인데 정확히 언제, 어디서, 왜 들었는지는 모르겠다.

공부를 잘하고 싶으면 머리에 많은 내용을 넣는 것보다도 꾸준히 책상에 앉는 습관부터 들여야 한다. 책상에 앉는다는 건 몸을 쓰는 일, 그러니까 몸으로 새기는 일이다. 그렇게 자주, 오래 책상에 앉아 있다 보면 공부를 하기 싫은 때가 오더라도 습관처럼 상에 앉게 된다.

아침에 일어나 눈을 뜨고 회사에 가기 위해 분주히 움직이는 일, 알람 없이도 자동으로 눈을 뜨는 일, 귀찮다고 느끼면서도 매일 깨끗하게 씻는 일, 머리를 말리고 피부를 위해 무언가를 바르는 일, 하나같이 몸으로 새긴 것들이다.

출근을 위해 6시에서 6시 반 사이에 일어나는 일도 3년 가까이 했더니 이젠 몸이 조건반사적이다. 알람을 맞췄던 적이 언제인지 생각도 나질 않는다. 아주 자연스럽다. (이건 좋은 점이지만 사실 나쁜 점도 있다. 주말에도 그렇게 기상한다는 거다.)

귀찮고 피곤하지만 출근은 해야 한다. 일어나서 목도 돌려 주고, 팔도 돌려 주면서 짧게나마 움직여 몸을 위한 준비를 한다. 방문 밖으로는 음식 준비하는 소리가 분주히도 들린다. 씻으러 가기 위해 방문을 열었다. 당연히 어머니가 보일 줄 알았는데, 부엌 싱크대 앞에서 쌀을 씻고 있는 사람은 다름 아닌 아버지였다.

순간 '아픈 아버지가 왜?'라는 눈빛을 어머니께 보냈는데, 아버지께서 출근하는 아들의 밥을 해 주고 싶다고 하셨단다. 잘 걷지도 못하는 양반이, 그래서 몇 발자국도 걷기 힘든 양반이, 아들을 위해 부엌까지 걸어와 쌀을 씻고 계셨다. 그 모습에 금방이라도 눈시울이 붉어질 것 같아 빨리 씻고 오겠다는 말과 함께 화장실로 들어가 버렸다. 들어가기 전 고개를 돌려 또 한번 아버지의 뒷모습을 봤다. 익숙하면서도 낯설어진 아버지의 뒷모습을.

씻으면서 떠올렸다. 아프기 이전까지만 해도 아버지께서는 손수 밥을 지으셨다는 걸. 그 사이에 불과 8개월이라는 시간이 지났을 뿐인데, 너무 자연스럽게 잊고 있었다.

뇌경색으로 자신이 일군 일상의 많은 것이 점점 지워져 가는 상황 속에서 아들의 밥을 해 줬다는 사실을 아버지는 과연 머리로 기억해 내신 걸까, 아니면 몸으로 새겨진 그의 오랜 습관 때문이었을까, 그것도 아니면 아들을 향한 일관된 마음 때문이었을까. 물론 아버지만 알 수 있는 것이지만 나는 그의 뒷모습을 오래 오래 기억할 것 같다.

씻고 나왔을 때 아버지는 다시 누워 계셨고, 인덕션 위의 밥솥에서는 밥이 한창 되어 가고 있었다. 어느 때보다 맛있는 밥을 먹은 아침이었다.

계절을 지나며

〔 스물아홉 번째 시선 〕

날씨가 제법 쌀쌀하다. 가볍게 입고 그 위에 외투만 걸쳐도 괜찮았는데, 어느덧 제법 두툼한 옷을 챙겨 입어야 할 정도로 추워졌다. 서서히 추워지기라도 하면 추위도 익숙해질 법한데 이렇게 갑자기 추워지니 겨울이 오고 있다는 게 새삼 느껴진다. 어쩌면 계절도, 기온도 서서히 변해 온 것인데 그것을 눈치채지 못할 만큼 내가 정신이 없었던 것 같기도 하다.

눈으로 보는 계절과 피부로 맞는 계절은 확실히 다르다. 전자는 마냥 아름답고 낭만적이지만, 후자는 현실이다. 덥고, 춥고, 따뜻한 변화를 여실히 느낄 수 있는 현실. 그래서 나는 눈으로 보는 계절보다 피부로 맞는 계절을 더 좋아한다. 살아있음을 느낄 수 있기 때문이랄까. 매번 다른 그날의 온도, 그날의 냄새는 내가 어디에서 어느 계절을 지나고 있는지 알게 해 준다.

"아, 살아있다!" 이런 허세 가득한 말을 내뱉기 참 좋은 요즘이다. 허세든 뭐든 뭐라도 말할 수 있는 계기가 있다는 게 또 얼마나 기쁜 일인가.

계절이 바뀌면서 자연스레 내 삶의 형태도 변해 간다. 올해 세 번의 계절을 지나면서 일상에 참 많은 변화가 있었다. 가장 크게는 사람 만나는 일이 줄었다. 일전에는 사람들을 만나 술잔을 부딪치며 시끌벅적하게 보내던 날이 그래도 제법 있었는데, 지금은 일주일에 한 번 만나는 것도 쉽지가 않다. 아픈 부모님이 집에 계시다는 이유도 있겠지만, 그보다 내가 사람에게 쏟을 에너지가 없다. 이미 여러 방면으로 에너지를 쏟고 있는 탓일 거다.

신경 쓸 것들이 많아지면서 책도 예전만큼 읽지 않게 됐다. 책과 관련된 일을 하는 사람으로서 책을 읽지 않으면 어떡하냐고 말할 수 있겠지만, 지금 나는 좋아하는 일을 오래 할 수 있게 잠시 멈춰서 쉬고 있는 것이라 생각하기로 했다.

자신의 에너지가 고갈됐을 때 대처하는 자세는 사람마다 다르다. 그저 에너지가 부족한 것인데 능력이 부족한 줄 알고 자신을 극한까지 몰아붙이는 사람이 있는 반면 자신의 에너지가 다 되었다는 사실을 인정함과 동시에 재충전을 위해 잠시 멈출 줄 아는 사람이 있다. 이렇게 확고하게 얘기할 수 있는 건, 내가 지금 전자와 후자 그 사이 어딘가에 있기 때문이다. 사실 전자에 더 가까운 것 같지만 말이다. (멈춰서 쉬자고 생각하면서도 열심히 달리고 있다.)

계절이 자연스레 가을에서 겨울로 넘어가듯 나와 당신의 삶 또한 자연스럽게 흘러가기를 바라는 마음이다. 힘이 없을 땐 없는 대로, 또 있을 땐 있는 대로 그 상태에 맞게 살아갈 수 있기를. 힘들면 잠시 멈춰서 나를 보듬어 줄 수 있는 사람이 되자. 오롯이 나를 위한 시간들을 한껏 누릴 줄 아는 사람이 되었으면 좋겠다.

재미 없는 말장난

삶이란 게 퍽퍽하게 흐르다 보니 건조한 삶을 살고 있다. 그러다 보니 예전보다는 날카로워진 시선으로 일상을 바라볼 수 있게 됐다. 날카롭다고까지 말하긴 좀 그렇지만, 확실히 삶을 대하는 태도가 달라졌다.

아침 여덟 시면 늘 오는 알람이 있다. 명함관리 앱에서 전날의 이슈를 간략하게 알려주는데, 지난번 알람에는 '가장 무서운 돈맥경화'라고 쓰여 있었다. 혈관이 점점 좁아지는 증상인 동맥경화에 코로나 19로 경제가 어려워지니 돈의 흐름이 좋지 않다는 의미를 섞어 이렇게 표현했던 것 같다. 아마 예전의 나라면 '이 앱 마케팅 담당자 센스 보소' 했을지도 모른다. 나는 말을 재주껏 잘하는 사람이 아니라서 예전부터 이런 타고난 센스를 부러워했었으니까.

근데 부모님이 아프시고 난 뒤부터는 생각이 많이 바뀌었다. 만약 정말 동맥경화를 앓고 있는 사람이 이 메시지를 본다면? 아니면 소중한 사람이 동맥경화로 힘들어하고 있다면? 세상의 모든 말이 누군가에게는 한없이 가벼운 동시에 누군가에게는 한없이 무거운 것이 될 수 있다는 사실을 느꼈다.

또 최근에는 인스타그램을 보다가 '확찐자'라는 해시태그를 발견했다. 계속되는 사회적 거리두기로 활동량이 줄어들면서 갑자기 찐 살들을 이야기할 때 '확찐자' 라는 말이 사용되고 있다. 문제는 코로나 시대와 함께 등장한 '확진자'라는 말을 이용해 이런 표현을 사용한다는 것인데 역시 적절치 않다고 생각한다.

사망자도 몇 명씩 나오고 하루에도 몇백 명씩 확진자가 나오는 와중에 이런 단어가 유행하는 것이 불편하기만 하다. 진짜 확진자와 확진자의 가족들은 이런 단어를 어떻게 받아들일까?

생각해 보면 나도 예전에는 '심멎' '심쿵'이란 단어를 자주 썼다. 또 답답한 상황이 있으면 '암 걸리겠다'라는 말도 많이 쓰곤 했다.

그러다 어느 순간 나는 지나가는 장난처럼 가볍게 하는 말들이 누군가에는 정말 상처가 될 수도 있겠다는 생각을 하게 되면서 그와 비슷한 단어들을 사용하지 않으려고 노력했다. 그리고 소중한 사람이 아프고 난 뒤에야 그 노력의 가치를 깨달을 수 있었다.

말은 글이 되고, 글은 말이 된다. 앞으로 내가 쓸 말과 글이 누군가에게 불편함이 되지 않도록 더 신경 쓰며 살 것이다.

3장

말하자면 그렇습니다

여자친구는 나를 '샤이관종'이라고 부른다. 사람들에게 인기 있고 싶어 하면서도 막상 큰 관심을 받으면 쑥스러워하기 때문이다. 나는 언제부터 그랬던 걸까.

바야흐로 내가 유치원생이던 시절, 전국에서는 서태지와 아이들의 〈난 알아요〉라는 노래가 유행이었다. 어디를 가도 그 노래가 흘러나왔다. 그때 마침 유치원에서는 학예회가 열릴 예정이었고, 우리 반 선생님께서는 나와 친구 두 명을 더 뽑아 서태지와 아이들의 〈난 알아요〉 춤을 춰 보는 것이 어떠냐고 하셨다. 선생님의 말씀을 잘 듣는 것이 착한 아이라고 생각했던 나는 그 제안을 거절할 생각도 없이 단번에 수락했다. 당시에는 핸드폰도 없었고, 지금처럼 '다시보기'가 가능한 것도 아니었다. 그저 녹화해 둔 비디오테이프를 여러 번 돌려 보거나 카세트테이프를 이용해 노래를 들었다. 지금 생각해 보면 '풉'하고 웃음만 난다. 기껏 유치원생이 뭘 안다고.

그렇게 학예회 당일 아이들 앞에 섰다. 내가 다니는 유치원에 친구들이 이렇게까지 많았나 싶을 정도로 많은 인원이 모여 있었다. 서태지와 아이들에서 서태지를 맡았던 나는 당시 그가 했던 헤어밴드를 하고, 무스도 발라 한껏 서태지스러운 모습으로 가운데에 섰다. 지금도 그때 사진을 보면 참으로 웃음이 난다. 아무튼 그 시대에 가장 유행했던 그룹이었고 노래였기에 호응도 좋았다. 그래서 틀리든 말든 열심히 춤 췄던 기억이 있다(지금 생각하면 쥐구멍에 들어가고 싶지만).

아마 많은 사람 앞에 나선 것은 이때가 처음이었던 것 같다. 그때 느꼈던 기쁨을 잊지 못해 여전히 관심을 받고 싶은 건가.

그해 속초

누군가 내게 여행을 좋아하냐고 묻는다면 별로 좋아하지 않는다고 대답할 것이다. 하지만 그럼에도 여행을 꾸준히 다니는 편이다. 익숙한 것에서 잠시 벗어나 낯선 것들을 마주치며 일상의 환기를 하기 위해서다.

내가 다니는 회사는 주5일제라 주로 주말 이틀을 쉬는데, 최근에는 갖은 행사로 평일 저녁은 물론이고 주말까지 일을 하며 온전히 쉬었던 적이 없다.

많은 회사 일에 지쳤던 것도 있지만, 아버지까지 편찮아지시면서 해야 할 일들이 더 많아졌다. 점점 여유라는 게 사라졌고, 그 사이 내 안에 쌓였던 여러 가지 감정들은 글로 표현되지 못한 채 기약 없이 묶여 있었다.

그런 감정들이 아까웠다. 끝내 글자로 옮기지 못한 것들이. 그래서 조금은 무리를 해서라도 떠나고 싶었다. 그동안 쌓일 대로 쌓여 온 다양한 감정들을 제대로 마주하고 털어버리고자 하는 생각이었다. 마침 여자친구와 만난 지 1000일이 되었다는 명목도 생겨 여행을 떠나기로 결정했고, 그 목적지는 '속초'였다.

앞서 여행의 이유를 말하면서 낯선 곳에서 느끼는 새로움을 강조했던 것 같은데, 사실 속초는 어느 곳보다 익숙한 여행지였다(작년에도 두 번 정도 다녀왔다). 그럼에도 속초를 다 안다고 할 수 없는 이상, 아직도 경험해 볼 것들이 많다는 마음으로 과감히 속초행을 택했다. 말하자면 익숙한 곳에서 낯선 것들을 발견하기 위한 여행이었달까.

이런 내 마음을 안 것인지. 여자친구는 속초에서도 내가 가 보지 못했던 곳들을 척척 찾아 데려가 주었다. 여자친구가 아니였으면 모르고 살았을 곳들을 하나씩 둘러보며 걸었는데, 왜인지 속초가 낯설게 느껴졌다.

◎ 동아서점

속초에서 3대가 이어 온 서점이다. 그만큼 외관은 많이 바뀌었어도 안은 여전한 서점. 감히 말하자면, 이 장소 하나만으로도 속초를 여행할 수 있는 이유가 될 수 있다고 생각한다. 무심한 듯 나를 기다리는 많은 책 앞에서 내게 맞는 책을 잘 고를 수 있도록 지켜봐 주는 사장님 부자의 다정함이 있는 곳이다.

그런 아버지와 아들을 보고 있자면, 이곳이 앞으로는 몇 대를 거쳐 어떤 서점이 되어 있을지 사뭇 궁금해진다. 정신 차리고 보면 어느새 책 몇 권이 손에 들려 있을지도 모르겠다.

◎ 문우당서림

동아서점에서 출발해 5분 정도 걸으면 나오는 곳이다(빠른 걸음이면 3분이 채 걸리지 않을 수도 있다). 동아서점과 함께 속초를 지켜 온 서점. 층층이 나누어진 넓은 공간에서 2층으로 이어진 벽면 가득 전시된 문장카드와 책을 보고 있노라면, 내가 정말 서점에 온 것이구나 싶다.

만약 이곳에 방문해 책을 사게 된다면, 주인 어머님이 계실 때 계산하길 바란다. 살갑게 인사 후 서점 칭찬을 조금이라도 한다면 이곳의 역사와 자랑을 들을 수 있다. 그 말에서 느껴지는 자부심으로 내가 이 곳에 왔다는 사실이 만족스럽게 느껴질 것이다.

혹시 서점에서 물품을 파는 낯선 공간이 있다면 그곳의 책과 함께 무엇이든 사 보자. 그리고 앞에 날짜와 간단한 메시지를 적어 보자. 나를 위해 샀다면 내게 특별한 선물이 되어 줄 것이고, 다른 이를 위해 샀다면 낯선 곳에서 자신을 생각해 줬다는 생각에 기뻐해 줄 것이다.

◎ 분식집 할머니

'칠성조선소 북살롱'이라는 곳을 가다가 우연히 만났던 곳이다. 가정집을 개조한 분식집이었는데 얼핏 보니 메뉴에 호떡이 있었고, 호떡을 좋아하는 내가 그냥 지나칠 수 없어 홀린 듯 가게로 들어갔다. 나이가 지긋하신 할머님이 가게 안쪽의 부엌에서 무언가를 들기름으로 굽고 계셨다. 나와 여자친구는 "할머니~"를 외쳤고 호떡을 하나 주문했다.

주문을 받으신 할머니는 안방으로 들어가 반죽이 담긴 큰 통을 들고 나오셨다. 그리고 살짝은 어설픈 솜씨로 호떡반죽을 해 구워 주셨다. 그러면서 손자뻘인 우리가 그저 반가우셨는지 말 한마디라도 더 건네려 우스갯소리도 하셨다.

그런 할머니가 왜인지 조금은 쓸쓸해 보였다. 그 모습을 조금 더 담기 위해 카메라로 찍으면서도 자꾸만 할머니의 손을 쳐다보게 됐다.

그날을 떠올리면 호떡을 굽던 할머니의 주름진 손과 부엌에서 새어 나오던 들기름의 향이 불쑥 올라온다. 앞으로 '속초'라는 이름을 들을 때마다 호떡집의 잔상들이 어김없이 떠오를 것 같다.

그해 속초의 온도는 내가 혼자 놀러 왔을 때와는 달랐을 것이고, 오며 가며 마주쳤던 사람들 또한 달랐을 것이다. 그렇지만 무엇보다도 마음가짐이 달랐을 것이다.

1000일을 기념하기 위해 간 속초. 특별함과 특별함 그리고 특별함이 또 더해져 낯설면서도 익숙한 행복들을 느꼈다.

한때 '익숙함에 속아 소중함을 잃지 말자'는 말이 유행한 적 있는데 나는 오히려 익숙한 것들에 자주 속아 넘어가 낯선 것들을 자꾸 마주해야 된다고 생각한다. 그런 것들이 하나둘씩 쌓이면서 내 마음의 무기가 되어 줄 것이다. 그 무기로 더 단단해진 내가 되기를 바란다.

BB크림과 CC크림

요즘은 남자도 꾸미고 다녀야 하는 시대다. '남자는 머리빨'이란 말이 있기도하고, 이제는 피부관리도 굉장히 중요해졌다.

화장품이란 여자들만 바르는 것이라 생각하던 시절이 있었다(딱히 관심이 없기도 했고). 그러다 CC크림, BB크림 등을 알게 됐는데 옛말에 늦바람이 무서운 법이랬나, 쓰자마자 안색이 변하는 광경을 보고서는 열심히 바르고 다녔다. 특히 일 년에 한두 번 꼭 생겨 주는 여드름이나 잡티를 가리는 데 제격이었다. 이 크림을 바르면 유난히 더 하애 보였고, 그래서 사진도 잘 나오곤 했다(기분 탓일지도 모르겠지만). 또, 아무래도 고객을 상대하는 직업이다 보니 처음에만 해도 한두 번 정도 바르던 크림을 자연스레 매일 바르게 됐다.

다만 '클렌징'이라는 문제가 있었다. 여느 화장품들이 다 그렇듯 잘 바르는 만큼 잘 지우는 일 또한 중요하기 때문이다. 과거에는 비누로 대충 닦기만 해도 큰 문제가 없었는데, 하루 종일 함께한 크림을 지우려다 보니 클렌징폼으로 얼굴 구석구석을 정성스럽게 닦아 주어야 했다. 그래서 고백하건대 깨끗이 씻었던 날보다는 대충 씻은 날이 더 많았을 거다.

최근에 일이 많아진 만큼 스트레스도 많아져 부쩍 피부가 상했다. 그럴수록 얼굴에 발리는 크림의 양은 점점 늘어 갔다. 평소에도 씻기 귀찮아 했는데, 오늘은 이래저래 받았던 스트레스가 극에 달했는지 아무것도 하기 싫었다. 그래도 늘 베고 자는 베개에 크림 묻은 얼굴만큼은 묻히고 싶지 않았다.

어쩔 수 없이 지친 몸을 이끌고 온수를 틀어 피곤했던 몸과 마음을 풀어 줬다. 먼저 양치를 하고, 머리를 감고,

몸까지 씻었다. 마지막으로 얼굴을 닦을 차례였는데, 역시나 너무 귀찮았다. 그래서 클렌징폼을 소량 짠 뒤 대강 문질러 물로 헹궈 버리고는 샤워를 끝냈다.

수건으로 머리를 닦다가 덜 닦여 얼굴 곳곳에 남아 있는 크림들을 발견했다. 결국에는 클렌징폼을 다시 짜서 얼굴 구석구석을 문질러야 했다. 그렇게 지우다 보니 남아 있던 크림도 어느새 사라졌고, 아까보다 깨끗해진 얼굴이 보였다.

살다 보면 어쩔 수 없이 마음에 쌓이는 것들이 있다. 그중에는 좋았던 것도, 좋지 않았던 것도 있겠지만 사실 마음에 오래 남는 건 나쁜 기억일 수밖에 없다. 그만큼 우리는 나쁜 기억들을 최대한 많이 그리고 빠르게 지워 버리려 안간힘 쓰곤 한다.

하지만 아침에 바른 크림만 해도 정성을 들여 닦아야 지워지는데 하물며 우리 마음속에 쌓였던 감정들을 닦아 내기 위해선 얼마나 또 열심히, 오래 닦아야 할까.

물론 안다. 서둘러 없애고자 하는 그 마음을. 하지만 제대로 씻어 내지 않으면 문제가 되는 얼굴 위 크림들처럼 상처도 빨리 지우려고만 하다 보면 미처 지워지지 않은 것들이 어딘가에 남기 마련이다. 아니면 더 큰 상처가 되어 우리를 괴롭힐지도 모른다.

오히려 조금씩, 하나하나 닦아 주다 보면 딱딱하게 묵은 것들이 물에 불어 큰 감정 소모 없이도 깨끗하게 떨어져 나갈 것이다. 그때쯤이면 몸과 마음도 이전보다 더 건강해질 거라 믿는다.

단어

(서른네 번째 시선)

우리는 무언가를 쓰고, 누군가와 말하면서 수없이 많은 단어를 사용한다. 그러다 보면 가슴에 남아 잘 잊히지 않는 단어들이 생기기 마련이다.

#모쪼록

예전에는 몰랐는데 글을 쓰다 보니 습관처럼 반복해서 쓰게 되는 단어가 있다. 특별히 강조하고 싶은 이유에서 그럴 수도 있고, 유독 내 마음에 와닿는 어감 혹은 의미라서 그럴 수도 있다. 내게 그런 단어는 '모쪼록'이다. 모쪼록이란 말하자면 '될 수 있는 대로'라는 뜻이다.

사실 어떤 일에 대해 이야기할 때 모든 순간 최선을 다했다고 하기는 힘들다. 때로는 이 '모든'이라는 말 앞에서 확신이 안 설 때가 있으니까. 그러나 "모쪼록 최선을 다했다"라고 한다면 조금 달라진다. 이 말이야말로 노력에 대한 스스로의 확신이 잘 드러나는 문장이라 생각한다. 우리는 각자 될 수 있는 대로 최선을 다해 살아간다. 그러니 모쪼록 우리는 다 잘 될 거다.

#질투

언젠가 여자친구에게서 "오빠는 질투가 없지?"라는 말을 들었다. 장난으로 한 말이라는 걸 알기에 나도 큰 의미 없이 "없지~" 라고 답했다. 그런데 집에 와서 생각해 보니 '질투'라는 단어가 자꾸만 맴돌았다.

한때 내게도 질투가 넘치던, 아니 들끓던 시절이 있었다. 지금보다 더 젊었을 때 나는 하고 싶은 것들이 참 많은 사람이었는데(그중에 하나는 태권도 국가대표 선수였고, 또 하나는 프로게이머였다) 생각해 보면 정작 그 꿈들을 위해 크게 노력했던 적이 없다. 그만큼 간절하지도 않았던 것 같다. 문제는 그러면서도 나보다 위에 있는 사람들을 끊임없이 부러워하고 시기했다는 거다.

질투를 해소하기 위한 방법은 딱 하나다. 그 감정을 느끼게 하는 사람이나 상황에서 벗어나면 된다. 그러니까 무수한 노력을 해야 한다는 말인데, 당시에 나는 그게 잘 안 됐다. 타고나길 게으른 사람이라 더 그랬던 것일지도 모르지만, 결국 희생 없이 큰 대가만을 바라느라 질투에 많은 힘을 들였던 것 같다.

그러면서 나이가 들었다. 한층 다양해진 감정들과 씨름하다 보니 질투란 게 이전보다 큰 감정 소모로 느껴졌고 '내가 잘난 사람이 되면, 누구에게도 질투할 필요가 없는 거 아닌가?' 하는 생각을 많이 하게 됐다. 그 이후로 질투보다는 '노력'이라는 단어에 포커스를 맞추며 살았다.

하지만 가끔은 말처럼 쉽지 않다는 것을 느낄 때도 많다. 나보다 팔로워가 적었던 사람의 팔로워가 많아지는 것을 보면 여전히 배가 아프다. 하지만 배가 아픈 건 아픈 거고, 이제는 그렇게 생기는 감정을 잊기 위해 열심히 노력하고 또 노력할 뿐이다.

#기껍다

공고를 나왔다. 무슨 말이냐하면 내가 '작가'라는 이름으로 불릴 것을, 아니 그보다 책 가까이에서 살게 될 것이라고는 생각도 못 했다는 거다. 어쩌다 보니 책을 많이 읽게 되면서 나도 글을 쓰고 싶다는 생각을 했고 그러다 어느샌가 작가를 꿈꿨던 것 같다. 하지만 한계점은 분명히 있었다. 글을 쓰고자 하는 마음에 비해 아는 단어와 그 단어를 조합하는 능력이 부족했기 때문이다.

오죽하면 여자친구가 내게 '기껍다'라고 쓰인 메시지를 보냈을 때 속으로 '원래는 띠껍다는 말인데 오타가 난 건가?' 했던 적이 있다. 하지만 이후에도 그녀는 몇 번이나 기껍다는 말을 했다. 그러니까 그 말은 오타가 아닌 게 분명했다.

결국 여자친구의 마음을 제대로 이해하고자 정확한 뜻을 찾아보고선 내심 기뻤다. 다름 아닌 '마음속으로 은근히 기뻐하다'는 의미였다. 그 이후로 나도 기껍다는 말을 종종 쓴다. 은근히 기쁜 것이기에 자주 쓰면 안 된다. 아주 기쁘지만, 그 기쁨을 부끄러운 마음으로 표현할 때 쓰면 좋다. 그런 의미에서 바로 지금 이 글을 읽어 줄 당신이 나는 아주 기껍다.

살면서 우리가 쉽게 지나치는 말일지라도 누군가에게는 힘이 될 수도, 누군가에게는 하나의 계기가 될 수도 있다. 그게 언어의 의미라고 생각한다.

그렇다고 항상 좋은 말만 하고 살자는 건 아니다. 사람마다 성격은 물론 기본적인 온도가 다르기 때문에 상대방에 따라 필요한 말 또한 다를 수밖에 없다. 그에게 어떤 말로 도움이 될 수 있는지 먼저 생각할 줄 아는 사람이 되어야 한다. 남들 다 할 수 있는 그런 말이 아닌, 나만 할 수 있는 말을 건네는 사람이 되자.

마지막

(서른다섯 번째 시선)

거리에는 하루에도 수없이 많은 가게가 생겨나고 없어진다. 한쪽에는 '축오픈'을 달고 온 화환들이 잔뜩 들어서 있고, 다른 한쪽에는 어디서 봐도 공허함만 느껴지는 폐업 안내문이 붙어 있다.

최근에 출장 차 대구를 방문했다가 어느 가게 입구에 붙은 한 장의 종이를 발견했다. 그 위에는 [그동안 찾아 주셔서 감사합니다^^ -○○떡볶이-] 라고 쓰여 있었다. 당연히 가게의 불은 꺼져 있었고, 의자는 하나같이 테이블 위에 올라가 있었다. 누가 봐도 문을 닫는 가게였다.

날마다 많은 가게가 생기고, 또 없어지는 요즘에 그 한 장의 안내문이 뭐라고 내 눈을 사로잡았는지 모르겠다. 그저 가게를 정리해야 했던 낯선 이의 마음을 조금이나마 헤아려 보고자 했던 것일지도 모르겠다.

대형서점을 그만둘 때 일렁이던 내 마음이, 잊고 지냈던 그 마음이 다시 생각났다. 내 손이 닿지 않은 곳이 없을 정도로 열심히 일했고, 매번 더 나은 공간으로 만들기 위해 노력했다. 그 모든 과정을 함께했던 직원들이 그만두거나 다른 매장으로 옮겨 갔을 때도 혼자 남아 그곳을 지켰다. 그랬으니 퇴사를 하면서도 괜찮을 리가 없었다. '내일이 돼도 이 매장으로 출근하지 않는구나' 하는 생각과 '내 자리는 더 이상 그곳에 없구나' 하는 생각들. 괜스레 눈물이 났다. 내가 결정하고, 내가 선택한 길이었는데도 그랬다. 마지막이란 어쩔 수 없이 그런 것일까.

그 매장이 곧 사라진다는 얘기를 들었다. 내 손길이 닿았던 매장 곳곳이 이 세상에서 사라지게 되는 것이다. 그래서 다가오는 영업 마지막 날 매장에 가 보려고 한다. 아마도 지난번 대구에서 만난 가게 사장님의 마음을 조금은 헤아려 볼 수 있을 것 같다.

자신이 공들여 만든 공간이 없어지는 건 과연 어떤 느낌일까. 내가 지나온 시간과 채취가 배어 있는 곳이 언제 있었냐는 듯 사라져 버리는 일.

세상에 사라지고 마는 것들이 슬프지 않았으면 좋겠다. 더 나아질 미래를 위해 오히려 기뻐했으면 좋겠다. 어쩔 수 없이 슬퍼야만 한다면 아주 조금만 슬프기를.

어버이날 생일인 자

(서른여섯 번째 시선)

1986년 5월 8일에 서울 정릉에 있는 한 산부인과에서 몇 키로인지는 모르겠지만, 어쨌든 건강한 모습으로 한 아이가 태어났다. 그 이름은 최원석. 한자는 높을 최에 근원 원, 클 석을 써서 '근원이 높고 크다'는 뜻이다. 근데 클 석의 한자 풀이에 '머리가 크다'라는 말은 왠지 기분이 좀 나쁘기도 하다. (진짜 크니까.)

어버이날은 내가 태어나기 한참 전인 1973년도에 국가 기념일로 지정됐다. 이 날이 왜 어버이날이 된 것인지는 정확히 모르겠지만 어쨌든 5월 8일은 어버이날이자 내 생일이기도 하다.

어렸을 적에는 생일이 특별하다거나 좋다거나 하는 건 없었다. 그저 태어난 날이라고 해서 미역국을 먹었고 어버이날이라고 해서 부모님 가슴에 카네이션을 달아드렸다. 모든 생일이 그렇듯, 생일 당사자인 나에게 특별한 날이면서 부모님을 위한 날이었다.

이런 사실에 조금은 화가 나기도 했다. 생일만큼은 오롯이 자신들을 위해 보내던 친구들과 달리 나는 반을 부모님께 양보해야 한다고 생각했기 때문이다. 지금이야 철없게 느껴지면서도 귀엽다고 할 수 있지만 그때 나이에 할 수 있는 생각을 했던 걸 보면 나도 특별히 의젓하거나 뛰어난 아이는 아니었구나 싶다.

사람은 철이 들려면 무언가 계기가 필요하다고 생각한다. 나이를 먹고 머리라는 게 커지면서 내 생일에 대한 욕구가 생겼다. 한창 놀기 좋아하던 시절에는 생일이라는 핑계로 친구들과 홍청망청 놀다가 늦게 집에 들어가거나 아침 해를 보며 들어갔다. 군대에 있을 때도 다를 바 없었다. 휴가를 나와 부모님의 얼굴을 보기는 했지만, 이내 젊음을 누려야 한다는 핑계로 친구들과 놀러 다니며 바쁜 휴가를 보냈다.

그 많던 휴가 끝에 전역을 하고 집에 돌아왔는데 사뭇 나이 든 부모님의 얼굴이 보였다. 그때부터 앞으로 다가오는 생일은 부모님과 함께해야겠다고 마음먹었던 것 같다. 지금껏 괜히 내 생일이라고 불러 나와 같이 불효했던 친구 놈들에게도 양해를 구했다. 우리 이제 효도하자며.

이후 몇 번의 어버이날을 더 보내고 나서는 내 생일이라는 생각보다 어버이날 그 자체로 부르고 챙기는 게 좋았다. 아마도 내가 회사를 다니게 되면서 월급을 받고, 경제권이 생기고 난 뒤부터였을 것이다. 부모님에게 무언가를 해 드릴 수 있는 날이 왔다는 것 그리고 그렇게 해 드리고 있다는 사실이 꽤나 뿌듯했기 때문이다.

올해 어버이날이자 내 생일은 부모님이 아프신 채 맞이해야 했다. 심지어 아버지의 외래진료가 잡혀 있던 탓에 그와 함께 병원에서 맞이했다. 어버이날에, 그것도 생일에 아버지를 모시고 병원이라니. 이 얼마나 효자인가 생각하다가도 문득 아버지는 오늘이 어버이날이란 사실을 아실까, 그렇다면 내 생일인 건 기억하실까, 라는 생각이 동시에 들면서 어쩐지 씁쓸해졌다.

부끄러운 얘기지만, 이날 아버지께 잔뜩 화를 내고 말았다. 그동안 나름 최선을 다하는 중이라고 생각했는데, 내가 아무것도 해 주지 않고 있다는 듯이 얘기하시던 아버지한테 너무 서운했다. 병원에서 몇 번의 큰소리가 오가기도 했는데, 그러면서 아프신 아버지께 내가 뭐 하자는 거지라는 생각에 자괴감이 들었다.

말이 전혀 통하지 않는 아버지를 어르고 달래 병원에 모시고 나서야 축하 메시지로 가득한 핸드폰을 확인했다. 그제서야 잊고 있었던 내 생일로 돌아왔다.

부모님이 아프시고 나서야 내 생일이 어버이날이라는 것에 특별함을 느꼈다. 아마 내년에는 아버지가 계실지 모르고, 어머니가 계실지 모르는 상황이다.

내가 받았던 것을 돌려드릴 수 있는 날이 얼마나 남아 있는 건지, 또 얼마나 잘해드릴 수 있는지 생각해 본다.

은행에 복리 이자가 있다면, 나에게는 어버이날이 있음을. 그러기 위해 나는 하필 이날 태어나야만 했던 건 아닐까. 이렇게 말하고 생각할 수 있는 날이 오랫동안 계속되기를 바랄 뿐이다.

꼰대의 기준

(서른일곱 번째 시선)

세상에는 '꼰대'들이 많다. 지하철에서 다짜고짜 소리치는 어른들, 사람이 지나다니는 아파트 복도에서 담배 태우는 어른들, 길거리 아무 곳에나 침을 뱉는 어른들. 가만 보면 어디에나 존재하는 것 같은데, 생각만 해도 눈살이 찡그려진다.

사실 꼰대라는 말이 정확히 언제부터 유행처럼 번져온 것인지는 모르겠다. 굳이 말하자면 자신의 과거 경험과 생각들을 방패 삼아 다른 것들은 받아들이지 않으려 하는 이들을 의미하는 것 같다. 그러다 보니 주로 윗세대들이 꼰대로 불려 왔는데 요즘 들어 꼰대로 불리는 데 꼭 나이가 중요한 것만은 아니라는 생각이 든다.

당장 나만 해도 그렇다. 단지 '나'라는 사람의 이미지를 위해 참고 있는 것뿐 가끔 이해되지 않는 사람들을 보며 속으로 다양한 생각을 한다. '저 사람은 왜 그렇게 행동하지?' '왜 저런 말을 하지?' 그러다 심지어는 '나이도 어린 것이'까지 나오게 되는 것이다.

그런 내가 최근에 완벽히 꼰대 같다고 느꼈던 몇 가지 순간들이 있다.

한번은 여자친구가 좋아하는 카페에 들어가 음료를 주문했다. 과거에 삼 년 정도 일했던 곳인데, 메뉴를 받기 위해 기다리면서 우연히 음료 만드는 과정을 보게 됐다. 보려고 본 건 아니었지만 주문한 게 잘 만들어지고 있는지 궁금하기도 했고, 어쩌다 보니 뒤에 서 있다가 그렇게 됐다.

그러다 문득 예전의 내 모습이 떠올랐다. 뒤에서 빤히 지켜보던 손님들에 괜히 기분 나빠했던 내 모습이. 그거 조금 먼저 해 봤다고 어느새 팔짱까지 두르고선 지켜보던 내 모습에 '왜 그랬지?' 하며 반성하게 된 찰나였다.

또 한번은 여자친구가 일하는 서점에 도착해서 기다리고 있을 때였다. 무슨 책을 살까 둘러보는 중이었는데 나에게는 좋지 않은 기억으로 남은 책을 누군가 읽으며 같이 온 친구와 함께 그 책을 칭찬하는 말을 들었다. 그리고선 이런 생각들이 스쳤다.

'도대체 저 책이 왜 좋은 거지?'
'어디가 좋은 거지?'

누가, 언제, 어떻게 읽냐에 따라 같은 책이라도 다르게 느껴지기 마련이다. 나에게 나빴던 책이라도 누군가에게는 좋은 기억으로 남을 수 있는 것이고, 나에게 좋았던 책이라도 누군가에게는 좋지 않은 책으로 남을 수 있다.

그 순간 나의 부정적인 기억만으로 사람들의 취향과 생각을 무시한 내가 너무 꼰대 같았다. 사실 더 한 생각도 많이 했지만, 행동으로 옮기지는 않았기에 꼰대라는 말을 듣진 않았다. 그저 나 스스로 꼰대라고 생각했을 뿐.

어쩌면 이 정도 가지고 꼰대를 말하는 건 우스운 일일지도 모르겠다. 현실이나 인터넷에서 더한 경우도 많이 봤으니까. 과연 '꼰대'라고 불릴 만한 명확한 기준이란 게 있는 것일까, 있다면 무엇이라고 할 수 있을까. 어찌 됐건 어감이 좋지 않으니 나는 꼰대가 되고 싶지 않다.

서로가 서로에게 꼰대인 듯 꼰대가 아닌 듯 살아가고 있다. 지금의 나도 누군가에게는 꼰대가 될 수 있다는 거다. 그러니 꼰대인지 그렇지 않은지가 중요한 사람보다는 내가 놓치고 있는 게 무엇인지를 알고, 시대에 맞게 부족한 점은 배워 나가려 하는 사람이 되고 싶다. 이왕 나이 드는 거 곱게, 잘 늙어 가고 싶다.

싱거운 라면

(서른여덟 번째 시선)

흔히 '맛있는 음식'을 논할 때면 전라도에 대한 얘기가 빠지질 않는다. 나는 지역에 대한 편견도, 여행에 대한 철학도 크게 없는 사람이지만 몇 번의 경험을 통해 전라도 음식의 맛을 알아 버렸다. 이미 음식 맛있기로 소문난 전라도라서 그런 것 아니냐고 할 수 있겠지만, 그것보다 전라도가 고향인 어머니의 음식을 먹고 자랐기 때문이다. 요리를 따로 배운 적도, 특별한 레시피도 없는 어머니의 음식은 언제든지 '먹고 싶다'는 말만 하면 뚝딱 만들어지곤 했다. 그녀를 통해 맛있는 음식은 영상이나 책에서 나오는 게 아닌, 상대방에 대한 마음과 손에서 나온다는 것을 알게 됐다.

그런 어머니가 유일하게 나보다 못하시는 음식이 하나 있는데 바로 라면이다. 어머니의 라면은 늘 물이 많아 싱겁거나 오래 끓여 팅팅 불어 있다.

얼마 전, 어김없이 퇴근하고 집에 온 내게 어머니는 저녁을 차려 주겠다고 하셨다. 저녁 생각은 딱히 없었지만 안 먹겠다고 하면 걱정하실 어머니를 위해 라면이나 먹겠다고 했다. 그러자 "라면? 몸에도 안 좋은데"라는 어머니의 목소리와 함께 찬장에서 꺼내지는 냄비 소리가 들렸다.

그렇게 한 10분이 지났을까. 어머니가 끓여 주신 라면이 밥상과 함께 방으로 들어왔다. 딱 봐도 물이 많아 싱거워 보였다. 젓가락을 들어 한 입 먹었는데 역시나 싱거웠다. 그런 나를 보며 어머니는 "짜게 먹으면 몸에 안 좋으니까"라고 말씀하셨다. 그리고는 "나는 라면은 잘 못 끓이겠어"라는 한마디를 더 남기고 방을 나가셨다.

최근에 혈압이며 간 수치며 많이 올랐다. 간 수치는 따로 확인이 어렵지만, 혈압은 집에 혈압계가 있어 매번 측정할 수 있었다.

나는 괜찮다고 말해도 어머니의 성화에 못 이겨 혈압을 재면 160/98, 145/95 등 보기에도 높은 수치가 매번 기계에 찍혔다. 그럴 때마다 어머니는 걱정 가득한 눈빛으로 쳐다보셨다. 아마 이때부터였던 것 같다. 어머니가 끓여 주시는 라면이 싱거워지기 시작한 것이.

특별한 레시피 없이 어떤 요리라도 척척 만들어 내는 어머니가 유일하게 잘 못 끓이시는 라면. 가끔은 그날 먹었던 어머니의 싱거운 라면 맛이 자꾸 생각난다. 앞으로 나는 몇 번이나 더 그녀의 싱거운 라면을 먹을 수 있을까.

고데기

어렸을 적 내 머리는 직모였다. 거기다 나름대로 숱도 많고 건강한 머릿결을 가지고 있었다. 그런 머릿결이 변하기 시작한 건 중학생 때부터였다. 누구나 한 번쯤은 꾸미는 게 세상에서 제일 신나고 재미있었던 시절이 있을 것이다.

그 시절에 나는 염색의 재미에 빠져 습관적으로 염색을 하곤 했다. 뭣도 모르던 시절이라 트리트먼트나 린스도 함께 사용해 줘야 된다는 사실은 전혀 모르고 말이다. 생머리였던 내 머리는 곧 반곱슬의 형태로 변하기 시작했다. 그러면서 머리가 얇아지고 빠지기 시작했으며, 심지어 머리를 빗다가 빗이 부러진 적도 있었다.

곱슬인 사람들은 공감하겠지만, 한번 생겨난 곱슬은 아무리 빗고 만져도 펴기가 힘들다. 머리도 내 몸의 일부인데, 마음대로 손질이 되질 않아 스트레스를 받기 시작했다. 그때 알았던 게 바로 고데기다. 코드만 꼽으면 금세 열이 생기는 이 고데기로 앞머리를 잡아 밑으로 당기면 언제 휘었냐는 듯 다시 일자로 정리됐다. 그것이 나와 고데기의 운명적인 첫 만남이었다.

중학생 때 잠깐 알고 마는 듯했던 고데기는 대학생 때도 나와 함께했다. 과거에 했던 것만큼 염색을 자주 하지는 않았지만, 짧고 굵게 경험한 당시의 충격 때문인지 내 생머리는 돌아올 생각이 없었다. 머리를 자르고 기를 때마다 기본으로 곱슬머리가 되었고, 그럴 때마다 나는 고데기를 다시 손에 잡을 수밖에 없었다.

이때까지도 몰랐다. 곱슬머리가 펴질 때마다 내 머리가 점점 더 얇아져 간다는 사실을. 문제는 나이가 들수록 더 했다는 거다.

한 서점에서 사회생활을 막 시작했을 무렵, 어쩌다 시작한 SNS 팔로우가 늘어나면서 꽤 많은 사람이 나를 보러 찾아왔다. 직업상 많은 사람을 상대하다 보니 아무래도 겉

모습에 신경을 많이 썼고, 그래서 내 앞머리는 늘 쫙 펴져 있었다. 이쯤 되니 짐작들 하겠지만 결국 내 머리는 구제 불능이 됐다. 얇아진 머리는 이제 갈라지기 시작했고, 웬만한 온도의 고데기에는 꿈쩍도 하지 않았다.

그러면서 드라이에 힘을 쏟기 시작했다. 혹시나 머리라도 잘 말리면 어느 정도 곱슬기를 없앨 수 있지 않을까 싶은 마음에서였다. 준비하는 시간이 조금 길어졌지만 그것마저도 괜찮았다. 그럼에도 고데기만큼은 하지 못했던 까닭에 여전히 곱슬곱슬한 머리의 내 모습은 초라하기 그지없었다.

그런데 그런 모습을 꾹 참고 출근을 해 보니 아무도 내게 "앞머리가 오늘 더 곱슬곱슬하네요"라는 식의 말을 하지 않았다. 그때 조금 깨달았다. 사람들은 내 머리가 더 곱슬거리든, 덜 곱슬거리든 아니면 곱슬거리지 않든 별로 관심이 없다는 사실을. 그들은 나의 변화 하나하나에 민감하지 않았다. 누구보다 내가 나에게 가장 많은 신경을 쓰고 있었다.

그 이후로 몇십 년간 잃지 못했던 고데기를 손에서 완전히 놓았다. 여전히 곱슬곱슬한 앞머리 덕분에 오히려 돈 주고 파마하지 않아도 파마한 것처럼 보일 수 있어 마음이 편해졌다.

흔히들 "세상은 생각보다 너한테 관심이 없다"라고 말한다. 한때 듣는 둥 마는 둥 했던 이 말을 내가 직접 경험하고 나니 여태껏 남들에게 좋은 모습 보이겠다며 노력했던 행동들이 허무하게 느껴졌다. 덕분에 내 머리는 이렇게 얇아졌고, 그동안 받아 온 스트레스까지 생각하니 지난날의 나를 돌아보게 됐다.

언젠가 또 고데기를 손에 쥐게 되는 날이 올지도 모르겠다만, 지금은 나를 위해 그리고 그동안 희생되어 준 나의 머리카락을 위해 멋진 모습은 조금 포기해도 될 것 같다.

부산I

(마흔 번째 시선)

여행을 좋아하지 않는다고 말해 놓고선 한 달 남짓한 기간 동안 두 번의 여행을 했다. 첫 번째는 제주도였고 두 번째는 부산이었는데, 이 두 여행에 차이가 있다면 전자는 여자친구와 함께, 후자는 나 혼자서 다녀왔다는 것이다.

최근에 다녀온 부산 여행은 사실 계획에 없었다. 피곤해서 어딜 돌아다닐 힘도 없었고, 또 글을 써야 한다는 부담감이 큰 상태였다. 결정적으로는 비싼 돈을 주고 어디론가 떠나고 싶은 생각이 없었다. 그런 내가 갑자기 여행을 떠나고자 마음 먹었던 건, 떠나야만 하는 이유가 생겼기 때문이다. 여행 며칠 전에 개인적으로 좋지 않았던 일이 있었는데 그 이후에 끊임없이 생겨나던 잡념을 어딘가에는 묻고서 돌아오고 싶었다.

하나 더 고백하자면 부산이라는 여행지도 미리 정해 놓았던 게 아니다. 다만 내가 있는 곳에서 제일 먼 곳으로 떠나고 싶어 선택했을 뿐이다. 물론 더 멀리 가자면 제주도가 적격이기는 하지만, 이미 다녀오기도 했고 내게 주어진 시간이 1박 2일이라 어쩔 수 없었다.

평소에 나는 돈 쓰는 일을 아끼지 않는 편이다. 내가 아끼는 사람들에게는 더더욱. 그런데 딱 한 명, 나에게만큼은 왜 이렇게 엄격해지는 것인지, 부산 여행을 떠나는 데에도 이런 생각들이 내 발목을 잡을 뻔했다. 그래도 이번만큼은 마음을 좀 고쳐 먹기로 했다. 차곡차곡 마음에 쌓여 온 것들을 내려 놓고 좋아진다면 그깟 돈의 액수가 중요할까 싶어서였다.

여행에 대한 구체적인 일정은 작성하지 못했다. 아니, 안 한 게 맞겠다. 바쁘기도 했고, 무엇보다 귀찮았으니까. 자고로 혼자 떠나는 여행이란 별다른 계획 없이 목적지에 도착해서 가고 싶은 데 가고, 앉고 싶은 데 앉고, 보고 싶은 데 보고 그러는 거 아니겠는가.

나의 부산 여행기는 일단 부산역에서 걸어 1분 거리의 호텔을 예약하는 것으로 시작됐다. 호텔에 도착해서 체크인을 하고, 짐을 푼 뒤 본격적인 낮잠 시간을 가졌다. 이럴 거면 그냥 기차에서 잘걸. 기차에서는 책을 읽고, 왜 호텔에서는 잠을 자서 시간을 낭비하는가 싶기도 했다. 근데 또 생각해 보면 시간은 평소에 아주 열심히, 알차게 쓰고 있으니 가끔은 이렇게 낭비하는 것도 괜찮다며 스스로 위안 삼았다. 굳이 여행까지 일상처럼 바쁘고 치열하게 보내지 말자며.

그렇게 한숨 푹 자고 일어났다. 멍한 상태에서 무엇을 할지 고민하다가 문득 서점이 가고 싶어졌다. 딱히 배가 고픈 것도 아니었고, 무엇이 보고 싶은 것도 아니었다. 경험상 이럴 땐 꼭 서점에 가고 싶을 때가 많았는데 이날도 그랬다. 그러다 문득 가봐야 할 곳이 생각났다.

몇 달 전 행사 건으로 이민아 시인과 연락을 주고받은 적이 있다. 그가 운영하는 서점이 보수동 책거리에 있다는 게 불현듯 생각난 것이다. 당시에 책도 많이 팔아 주셔서 부산에 가게 된다면 꼭 한번 들려 인사드리겠다고 약속까지 한 상태였다. 불과 몇 분 전까지 아무것도 하지 않으려고 했지만, 서점에 가고 싶다는 마음이 든 이상 약속을 지키려 발걸음을 재촉했다.

하지만 역시 여행은 내 편이 아니었다. 서점 입구에 막 도착했을 땐 내 얼굴보다 큰 '출장 중' 이란 글씨가 눈에 띄었다. 하는 수 없이 서점 입구에서 사진을 찍어 시인께 문자를 보냈다. 적어도 약속을 지키고자 했던 내 마음만은 전할 수 있지 않을까 해서였다(못내 반쪽자리 약속을 지킨 기분이기는 했지만).

부산이란 곳이 자주 올 수 있는 장소가 아니다 보니 아쉬운 마음이 컸던 것 같다. 차라리 그냥 호텔에서 누워서 시원한 에어컨 바람이나 만끽할걸 그랬나 싶기도 했고. 그래도 이걸 빌미로 부산에 한 번 더 올 수 있겠다고 생각하며 스스로를 위로했다.

부산II

(마흔한 번째 시선)

그렇게 마음을 정리하고 나니 아까는 보이지 않던 주위 건물들이 눈에 들어왔다. 심지어 액세서리를 파는 숍인 줄 알고 지나쳤던 바로 옆 건물은 서점이었다. 참새가 방앗간을 지나칠 수 없으니 일단 들어갔다.

이 서점은 동네서점의 메리트라고 할 수 있는 독립출판물 위주의 책을 판매하는 곳이었다. 평소에는 주로 대형서점이라고 하는 곳들만 다니며 기성 출판사의 책들을 다루는 나에게 이곳은 신선한 느낌이었다.

가끔 서점을 둘러보다 마음에 들면 서점지기에게 말을 걸고는 하는데, 왠지 그러고 싶었다. 그래서 조심스레 명함을 건네며 소속을 밝혔고 잠시 얘기를 나눌 수 있었다.

나는 서점에서 오래 일을 했다 보니 아직은 출판사 직원으로서의 마음보다는 서점인으로서의 마음이 더 큰 것 같다. 그래서 서점에서 근무하는 사람들의 환경을 더 많이 이해하는 편이다.

서점지기에게서 들었던 이야기들 중에서도 특히 공감됐던 부분이 있는데 책 판매의 번거로움에 관한 것이었다. 독립출판물의 경우 책 한 권당 각기 다른 개인들이 사업자를 가지고 있어 월별로 정산을 한 뒤 저자마다 따로 입금을 해 줘야 한다. 이게 몇 종 안 되면 힘든 일도 아닌데 매대에 진열된 책만 얼핏 봐도 40종이었다. 그럼 월 말이 됐을 때 40명에게 '몇 권이 팔렸습니다' '얼마 입금합니다' 연락은 물론 입금도 해 주어야 한다는 말이다. 물론 그 40여 종의 책이 고루고루 다 팔렸을 때 이야기지만.

이제 기성 출판사의 책들도 조금씩 늘려나가려고 한다는 서점지기의 말에 내심 기분이 좋았다. 적어도 매출이 나쁘지는 않구나 싶어서 조금은 안심이 됐달까. 그래도 책 두 권을 사서 나왔는데, 적어도 커피 한 잔은 사 드실 수 있게 보탬은 된 것 같아 다행이었다. 경력과 경험은 쌓아

두면 어떻게든 써먹을 수 있다는 걸 새삼 또 느꼈다.

그리고 대화가 끝나갈 무렵, 혹시 다른 서점을 또 가게 된다면 방문해 보라는 서점지기의 말과 함께 근처 서점 한 군데를 추천받았다.

다행히 멀지 않은 곳이기에 갔건만 여기는 서점문은 열려 있는데 사장님이 없었다. 인스타그램에 댓글을 달고 메시지로도 연락을 드렸지만 묵묵부답. 그럼에도 사고 싶었던 책이 있어 기다렸다. 하지만 30분을 기다려도 오시질 않아 포기하고 밥을 포장하러 가는데 그제야 답장이 왔다. 식사를 하고 왔다며, 사람들이 서점을 구경할 수 있도록 문은 열어 두고 다녀오셨다고 했다.

참 자유로운 분이구나 싶었다. 이런 분들이 하는 서점은 주인장만의 취향이 확고하니 그 아이덴티티도 확실할 것 같아 흥미로웠다.

요즘 세상이 하나가 잘나가면 그것 그대로 따라가는 경우가 대다수다. 그속에서도 자신만의 독창성을 가지고 운영하는 서점. 그것이 동네서점의 매력이 아닐까. 그런 서점들이 많아져야 한다고 생각한다.

◎ 손목서가

영도 앞바다를 바라볼 수 있는 서점이다. 유진목 시인이 운영하는 서점으로 유명하지만 이곳의 포인트는 뷰다. 나는 더웠던 날씨에 방문했는데, 날씨 탓에 해가 쨍쨍 내리쬐는 마당에는 앉아 있질 못 했다. 대신에 영도 앞바다를 보며 서점에서 산 책을 읽었는데, 더위도 참아질 만큼 아름답고 행복했다.

◎ 마이유니버스

사실 처음 내 목적지는 아니었다. 근처에 아는 시인의 서점이 있어 방문했다가 '출장으로 인해 자리를 비웁니다'라는 종이를 보고선 발걸음을 돌리다 발견한 서점이다. 기성 출판사의 책보다는 개성 많은 독립출판물이 많은 곳이다. 가장 좋았던 건 이 서점을 운영하는 서점지기였다. 책을 진열해 둔 모습을 보면 전부는 아니어도 책을 대하는 그 사람의 태도를 알 수 있는데, 그곳에서 책에 대한 서점지기의 마음이 고스란히 느껴졌기 때문이다. '보수동 책방 골목에 이런 서점이?' 라는 생각이 들 만큼 새로워가 볼 만한 곳이다.

어느덧 부산의 하루도 저물어 가고 있었다. 아직 광안대교의 야경을 못 본 탓에 또 언제 볼 수 있을지 몰라 택시를 타고 무작정 찾아갔다. 하필 '나이트런'인가 하는 부산 마라톤 축제가 열린 덕분에 도로에 사람이 많아 택시가 겁나게 막혔다. 차가 막히는데 택시미터기의 말은 왜 더 빨리 달렸던 걸까. 말이 빠르게 달릴수록 내 눈에 눈물은 땀처럼 흘렀다.

광안대교의 야경은 생각했던 것 이상으로 아름다웠다. 나는 밤바다 보는 것을 좋아하는 동시에 또 무서워하는데, 그런 까닭에 조금은 멀리 떨어진 사람들 틈에 섞여 오랜 시간 밤바다를 바라봤다.

하나 더 고백하자면 굳이 밤바다를 보러 간 데에는 이유가 있었다. 몇 년 전 인스타그램에 손발이 사라질 법한 글을 썼던 적이 있는데, '내 마음속에 번뇌를 버리기 위해 서울에서 가장 먼 곳으로 떠났다'라는 문장이었다. 아마 제주도 여행을 갔을 때였을 것이다. 이번에는 부산에 마음의 짐을 놓고 가려고 온 만큼 그 장소가 바다여야 할 것만 같았다.

하필 왜 밤바다여야 하냐고 묻는다면 모두가 알다시피

밤바다는 그 깊이를 가늠해 보기 힘들기 때문이다. 물론 낮이라고 해서 물의 깊이가 깊지 않은 건 아니다. 당연히 똑같다. 하지만 그럼에도 낮과 밤의 바다는 분명 다르다.

기왕 버려서 묻을 거면 깊이를 알 수 없는 밤바다에 버리는 게 좋다고 생각했고, 그래서 버렸다. 버리고 묻었다. 그때 묻은 것들을 미련이라는 단어로 끌어올리지도 않을 거라 다짐하면서

이 글을 읽고 있을 여러분도 가끔 이 방법을 써 봤으면 좋겠다. 괜스레 마음이 무거운데 또 누군가에게 털어 놓자니 이도 저도 아닌 말이 될 것 같아 힘이 들 때, 한 번쯤은 모든 것을 뒤로 한 채 떠나도 좋다. 내가 그랬듯 밤바다처럼 아주 깊은 곳에 모든 걸 버려 두고 다시 돌아오기를.

아픈 냄새

(마흔두 번째 시선)

사람들에게는 저마다 고유한 냄새가 있다. 머리카락에서 나는 냄새, 몸에서 나는 냄새, 마지막으로 발에서 나는 냄새 등이 그렇다. 누군가는 이러한 고유함 위에 좋아하는 향을 더해 한층 더 특별해진 냄새를 만들어 내기도 한다.

이전에는 몰랐던 사실이 있다. 아픈 사람에게는 아픈 사람 특유의 냄새가 있다는 것. 올해 아버지가 아프시고 난 뒤에야 새롭게 알게 됐다. 사실은 병원에 갈 때마다 희미하게 풍겨 오던 알코올 냄새가 아픈 사람의 냄새라고 생각했는데, 아버지의 장기간 입원에 따라 병원 출입이

잦아지면서 그 생각이 변했다.

로비에서는 병문안을 온 사람과 환자들이 뒤엉켜 별다른 냄새가 나지 않는다. 엘리베이터를 타고 병동으로 올라가도 여전히 비슷한 병원 냄새가 난다. 하지만 병실에 들어가는 순간 냄새가 달라진다. 5인실에 머물렀던 아버지는 제일 안쪽 창가에 있는 침실을 이용하셨는데, 신기하게 그 몇 발자국 안 되는 병실에서도 지나칠 때마다 풍기는 냄새가 달랐다. 그제야 알게 됐다. 아픈 사람에게는 아픈 사람만의 냄새가 있다는 것을.

아프시기 전까지만 해도 아버지는 워낙에 깔끔한 분이셨다. 그래서 나이 든 사람에게서 나는 특유의 냄새도 나지 않던 아버지였는데, 나이 든 냄새도 냄새지만 이제는 아픈 사람의 냄새가 많이 나신다. 그런 아버지를 위해 페브리즈를 비롯하여 손에 바르거나 몸에 바를 수 있는 향기 제품들을 몇 개 사 드렸다.

병원에서 집으로 돌아오는 날이면 우리 집 특유의 냄새가 났다. 집에 오래 있으면 느낄 수 없지만, 나갔다가 돌아와 현관문을 열었을 때 풍기는 특유의 집 냄새. 여느 집이나 마찬가지일 것이다. 다만 저마다의 냄새가 다를 뿐.

아버지가 퇴원하시면서부터 집에는 병원에서나 맡을 수 있던 아픈 사람의 냄새가 섞이기 시작했다. 아버지는 각종 목욕 용품들을 사용해 병원에 있을 때보다 더 깔끔히 씻으셨고, 그래서 아픈 사람의 냄새가 덜 날 것이라 생각했지만 시간이 지나면 지날수록 그 냄새는 더 짙어졌다.

한동안은 그 이유에 대해 생각해 봤는데, 아무래도 어머니와 내가 집에 있는 시간보다 아버지가 집에 계시는 시간이 훨씬 많기 때문이었다. 아버지의 아픈 냄새가 진해질수록 그와의 이별이 가까워져 오는 것만 같아 나는 이 냄새가 참 싫다. 그래서 늘, 그러면 안 된다는 사실을 알지만, 퇴근 후 집에만 오면 아버지께 짧은 인사를 하곤 방으로 들어가 잘 나오지 않았다.

하지만 언젠가 이 냄새도 분명 그리워질 것이다. "있을 때 잘해 후회하지 말고"라는 말도 있듯이, 아픈 아버지의 냄새도 아버지의 일부다. 이 냄새가 더 이상 내 코끝에서 나지 않을 때 아마 나는 많이 울 것이다. 그토록 좋아하지 않던 그의 냄새를 기리며.

(4장)

슬기로운 파주생활

붕어빵과 할머니

(마흔세 번째 시선)

내가 다니는 회사는 셔틀버스를 운영하고 있다. 퇴근길 셔틀버스에서 내리면 바로 앞에 붕어빵 집이 하나 있는데, 팥이 들어간 음식을 굉장히 좋아하는 나로서(팥죽, 비비빅, 찹쌀 도너츠, 호빵도 팥이 들어가 있는 것만 먹는다) 그 붕어빵 집을 매번 그냥 지나칠 수 없었다. 그래서 집에 들어가는 길에 꼭 붕어빵 1~2천 원어치를 사 먹곤 했다.

사실 붕어빵을 사 먹는 가장 큰 이유는 팥이 가득 들어 있는 게 좋아서기도 하지만 날마다 같은 자리에서 붕어빵을 만드시는 주인 할머니의 모습과 수북히 쌓여 있는 붕어빵의 모습이 좋았기 때문이다. 그 앞에 서서 붕어빵을 살 때면 늘 "맛있어요" "건강하세요!" "잘 먹겠습니다"라고 큰 소리로 인사한다. 할머니는 한 번도 제대로 대꾸해 준 적이 없으시지만 말이다. 그저 이른 출근 시간이나 늦은 퇴근 시간이면 언제나 붕어빵 가득한 모습으로 열려 있던 그 모습이 참 좋았다. 가끔 버스 안일지라도 그곳을 지나가며 창밖으로 혼자 인사드렸던 날들도 많았다.

근데 며칠 전부터 가게의 문이 자주 닫혀 있는 것을 봤다. 아침부터 닫혀 있던 그 모습에 '할머니가 어디 아프신가?' 하는 생각이 들어 내심 걱정이 됐다. 그렇게 덥다던 작년 폭염 때도 매일 문을 여셨고, 미세먼지 수치가 높다고 난리였던 시기에도 꿋꿋이 버스 정류장 앞을 지키던 붕어빵 집이었기 때문이다.

하루 이틀 정도는 그냥 사정이 있으시겠지하고 넘겼는데 시간이 가도 열리지 않아 걱정은 커졌다. 하지만 그럼에도 내가 할 수 있는 건 아무것도 없었다. 그저 할머니가 건강하시기를 그리고 그 맛있던 붕어빵을 퇴근길에 다시 먹을 수 있길 바랄 뿐이었다.

그러다 여느 때처럼 셔틀버스에서 내린 어느 날, 붕어

빵 집에 불이 켜져 있는 걸 봤다. 반가운 마음에 숨을 헐떡이며 뛰어갔지만, 할머님이 아닌 다른 분께서 붕어빵을 만들고 계셨다. 할머니의 붕어빵만을 기다리던 나였기에 왠지 먹고 싶은 생각이 들지 않아 그냥 지나쳤다.

다음날에도 그곳엔 할머니가 아닌 다른 분이 서 계셨다. 그래서 실례인 줄 알면서도 붕어빵을 몇 개 사며 여쭤봤다. 장사하시던 할머니가 어디 가신건지, 아프신 건지. 하지만 결국 이렇다 할 답변은 듣지 못했다.

붕어빵의 맛은 할머니가 만들어 주시던 맛과 비슷했다. 반죽이며, 팥이며, 뭐 붕어빵 맛이라는 게 다 거기서 거기이기는 하니까. 근데도 어딘가 허전한 맛이 느껴졌던 것은 괜한 기분 탓이었을까. 그날 붕어빵을 오랜만에 먹으면서 목이 막혀 왔고 당분간은 붕어빵을 먹지 못하겠다는 생각이 들었다.

그 이후에도 할머니의 건강이 궁금해 몇 번을 찾아갔었다. 하지만 할머니는 뵐 수 없었다. 새로운 이모님이 며칠을 운영하시다가 또 며칠 뒤에는 다른 이모님이 계셨고, 어느 순간 붕어빵 집의 문은 굳게 닫혔다.

차로 출퇴근을 하면서부터는 붕어빵 집을 굳이 찾아간 적은 없다. 이 글을 적으며 문득 다음 주엔 합정역 교보문고를 갔다가 들려 봐야겠다고 생각했다. 여전히 할머니가 계시지 않더라도 그저 건강하시기를.

한때 할머니의 붕어빵을 먹으며 크게 위로 받은 사람이 있었다는 사실 하나만은 알아주셨으면 좋겠다.

작가와의 만남

(마흔네 번째 시선)

김금희 작가님의 출간 기념 북토크가 있었다. 평소 좋아하는 작가님이어서 기대가 됐는데 심지어 사회자가 신형철 평론가였다. 기대하지 않을 수 없는 조합에 북토크 날만 손꼽아 기다렸고 준비하는 과정도 즐거웠던 것 같다.

이 글을 읽는 여러분은 궁금할 것이다. 한 번의 북토크를 위해 얼마나 많은 사람의 노력이 들어가는지. 우선 작가님의 가능한 일정을 확인한 뒤 그에 맞춰 초대 인원의 규모를 잡는 일이 먼저다. 인원에 따라서 수용할 수 있는 장소가 확보됐을 때 참여 가능한 독자들을 모집한다. 모집 방법에는 여러 가지가 있는데 대표적으로 온라인 서점에서 이벤트 페이지를 걸어 신청하게 하는 방법과 사은품으로 북토크 초대권을 선택하게 하는 방법이 있다.

그러면 신청해 주신 분들의 정보를 서점에서 받아 독자들에게 최종 공지를 하고, 혹시나 참석이 어려우신 분들은 미리 연락 줄 것을 부탁하곤 한다. 굳이 이런 수고를 거치는 일은 최대한의 노쇼를 방지하고자 함이다.

한때 '냉장고를 부탁해'라는 프로그램이 유행하던 시절, 셰프들이 노쇼의 고충을 토로하면서 큰 이슈를 일으킨 적이 있다. 그런데 이 노쇼는 음식점에만 있는 게 아니다. 오히려 북토크와 같이 돈을 지불하지 않고 신청할 수 있는 문화행사는 사람들이 "어, 이런 행사가 있는데 무료네?, 신청해 볼까?" 하는 가벼운 마음으로 신청한다. 가볍게 신청한 만큼 당첨되어도 행사 당일에 나타나지 않는 경우가 정말 많다.

그래서 만약 모집 인원이 50명이라고 하면 혹시나 모를 노쇼를 대비해 60~70명을 뽑아 당첨을 알리곤 하는데, 그것마저 행사 당일에 50명이 다 오는 경우는 드물다. 감사하게도 따로 참석이 어렵다는 연락을 주시는 분들도 있지만(사실 당연한 거다) 정말 극소수일 뿐이고, 대부분은 연락도 없이 나타나지 않는 경우가 태반이다. 북토크의 재미는 행사 전까지 열심히 준비한 것들을 당일에 확인하며 뿌듯해 하는 것에 있는데, 끝까지 비어 있는 좌석을 보고 나면 사뭇 씁쓸하다.

물론 지금 말한 것들이 북토크의 전부는 아니다. 보람을 느끼는 경우도 많다. 손에 꼭 쥔 초대권을 좌석표로 교환해 가는 이들과 차례를 기다리며 책을 읽는 이들 그리고 우리가 붙여 놓은 포스터를 배경으로 사진 찍는 이들의 모습을 보면 기분이 금세 좋아진다.

특히 나는 행사장 뒤에서 독자들의 뒷모습을 보는 경우가 더러 있는데, 거기서 느껴지는 설렘이 고스란히 내게 전해질 때 가장 행복하다. 행사를 준비하면서 쌓였던 피로가 없어지는 느낌이랄까.

행사를 다 마친 후에는 SNS에 관련 해시태그를 검색해서 '좋아요'를 누르고 후기를 하나씩, 찬찬히 살핀다. 그들의 만족도까지 확인하고 나면 빈 자리로 인해 상처받았던 마음들이 어느새 회복되어 있다.

다만 하나 아쉬운 게 있다면, 나는 독자가 아닌 까닭에 작가님의 이야기를 온전히 듣지 못한다는 사실이다. 기회가 된다면 다음에는 스태프가 아닌 독자로서 참석하고 싶은 마음이다. 그러면 독자의 마음으로, 설렘이 가득한 마음으로 한층 더 즐겁게 준비할 수 있지 않을까.

가끔 "책에 재미를 더 붙이고 싶은데 어떤 방법이 있을까요?"라는 질문을 듣는다. 그럴 때면 "일단은 읽고 좋았던 책의 작가를 만날 수 있는 자리에 무조건 참석해 보세요"라고 답한다. 물론 책을 통해 느꼈던 작가에 대한 감정이 실제 그를 만났을 때는 또 다를 수 있지만, 그럼에도 참석해 보기를 권한다. 실망하게 되는 경우도 더러 있지만 좋은 경우가 더 많을 것이다.

작가와의 만남은 그의 세계에 들어가 볼 수 있는 통로이자 책에 대한 이해를 높일 수 있는 기회다. 그로 인해 우리의 세계는 분명 더 넓어질 것이다. 작가와의 만남이 이뤄지는 어딘가에서 꼭 한번 뵙기를 바란다.

초딩's in my bag

(마흔다섯 번째 시선)

나는 가방을 메고 외출하지 않으면 불안한 사람이다. 생각해 보면 하루도 가방을 메지 않고 나간 적이 없다. 백팩, 에코백, 크로스백 등 가방의 형태만 다를 뿐이지 내 몸엔 늘 가방이 함께한다(쓰다 보니 일종의 애착가방처럼 느껴지기도).

등에 메고 있으면 나는 보지 못하는 나의 뒷모습을 지켜 주는 것 같은 든든한 가방. 그래서 나는 늘 가방을 멘다. 나에게 필요한 물건을 넣고, 소중한 마음도 담고.

가방에는 다양한 물품을 넣고 다니는데, 그중에 가장 애착이 가는 건 책이다. 요즘 세상에 무겁게 책을 가지고 다니는 이는 많지 않은데 나는 늘 두세 권을 가지고 다닌다. 읽기 위해 넣은 책은 한 권이고, 나머지 책은 무엇이냐고 묻는다면 혹시나 지인을 만나거나 나를 알아봐 주는 SNS 친구를 만났을 때 이 책 좋다며 선물해 주기 위해서다.

또 보조 배터리도 있다. 과장 조금 보태서 인스타그램을 중독이 된 것처럼 하다 보니 핸드폰 배터리가 금방 닳는다. 그래서 한때 가볍지도 않은 보조 배터리를 두 개씩 들고 다녔던 시절이 있다. 그 배터리가 지금의 최초딩을 만들었다고 해도 과언은 아니다. 물론 지금도 보조 배터리는 필수지만, 과거에 비해 성능이 좋아진 탓에 하나만 가방에 넣고 다녀도 충분하다.

그 외에 겨울을 제외한 모든 계절에 꼭 챙겨 다니는 물건이 있다. 언제든 갈아입을 수 있는 티셔츠 여러 장과 땀을 닦을 수건. 어렸을 때 땀이 너무 나질 않아 어머니께서 보약을 지어 먹이셨는데, 한약의 효과였던 걸까, 그 이후로는 땀 부자가 됐다. 특히 가만히 있어도 땀이 온몸으로 흐르는 여름에는 뿌리는 즉시 시원하고 상쾌한 향이 풍기는 데오드란트와 조금이나마 땀을 흡수해 줄 땀억제 티슈까지 추가로 챙겨 다닌다. 땀도 땀이지만 그게 마르면서 생기는 특유의 퀘퀘한 냄새가 싫어서다.

만약 이 책을 읽는 사람 중에 나처럼 냄새로 고민하는 사람이 있다면, 가방에 추가될 제품을 추천해 주면 참 고맙겠다.

숨겨진 맛집

(마흔여섯 번째 시선)

한곳에서 오래 일하면 자신만의 맛집 리스트가 생기기 마련이다. 그럴 수밖에 없는 이유가 있는데, 대부분 회사에서 정해 놓은 점심시간이 딱 한 시간이기 때문이다. 밥집까지 도착해 밥을 먹고 다시 회사로 돌아와 자리에 앉는 시간까지 생각하면 시간 대비 맛이 보장될 수 있는 곳을 확보하려는 본능적인 행동이랄까.

3년여를 파주출판도시에서 근무하면서 가장 맛있었던 음식점이 몇 군데 있다. 상호명은 밝힐 수 없지만 내가 좋아하는 중화요리 집, 장어요리 집, 게요리 전문점 등이 있는데, 모두 특별한 날에만 가던 식당으로 어떤 프로젝트를 무사히 하나 끝냈을 때나 유독 고생했던 시기에 팀원끼리 방문하던 곳들이다.

사실 맛으로 따지자면 특별하게 맛있다고 할 수 있는 곳들은 아니다. 맛으로 유명한 맛집은 따로 있다.

음식이 맛있어야만 맛집이 되는 건 아니라고 생각한다. 맛이 보장되지는 않아도 사람과의 추억이 깃든 맛집. 때로는 언제, 어디서, 누구와 먹었냐는 사실이 음식의 맛보다 더 중요하게 다가올 때가 있기 때문이다.

왜, 좋아하는 사람과 함께 간 가게들이 그렇지 않은가. 생각해 보면 밥을 먹었던 그 공간만이 어렴풋하게 기억날 뿐 정작 음식이 맛있었는지, 없었는지는 잘 기억나지 않는다. 결국 사람과의 기억이 그곳을 맛집으로 만들어 주는 법이다.

꼼마살롱

(마흔일곱 번째 시선)

가끔 책이 아니어도 읽을 것과 볼 것이 넘쳐 나는 이 시대에 굳이 책을 왜 읽느냐는 질문을 받는다. 그러면 책과 관련된 일을 하면서도 쉽게 대답하기가 어렵다. 책이 좋아서 읽는다고 말하기에는 정말 책이 아니더라도 읽을 것들이 많기 때문이다.

특히나 책은 돈을 주고 사야 할 뿐만 아니라 주문 후에 기다리는 시간까지 거쳐야만 받을 수 있다. 즉, 일정량의 돈과 시간을 투자해야만 읽을 수 있는 게 책이니 생각해 보면 반드시 읽어야 하는 이유는 없는 것이다. 그럼에도 출판계 종사자로서 진지하게 고민해 본다. '나는 책을 왜

읽는가?'

내가 좋아하는 책들을 더 많은 사람이 알고, 좋아했으면 좋겠다. 하지만 좋아하기에 앞서 책에 익숙해질 수 있는 경험들이 먼저라 생각한다.

처음엔 낯설게만 느껴지던 사람도 자주 보고 만나면 금세 편해지는 것처럼 책도 똑같은데, 개인적으로 그 연결고리가 '독서모임'이라고 생각한다. 한때 이러한 내 생각을 회사 본부장님께 넌지시 말씀드렸는데, 긍정적으로 검토되어 독서모임을 추진할 수 있었다.

독서모임의 이름은 '꼼마살롱'이었다. 회사에서 운영하는 카페(카페꼼마)의 이름을 빌려다 지었는데 이름까지 붙게 되니 책임감이 좀 더 느껴졌다.

어떤 모임이든 진행이 원활하기 위해서는 이끌어 나갈 사람이 필요한데, 잘할 수 있겠다는 자신은 없었지만 내가 낸 아이디어인 만큼 일단 해 보기로 했다. 그렇게 시작된 꼼마살롱은 최초딩과 함께하는 독서모임이 매력이 있을까 걱정하던 찰나에 생각보다 빨리 마감됐다.

개인적으로 우리의 독서모임은 한 권의 책으로 깊이

있는 토론을 하기보다 서로 자신이 읽었던 좋은 책을 소개하고 알아 가는 자리가 되었으면 했다.

첫날엔 그저 어색하기만 했던 만남은 한 번, 두 번 횟수를 거듭해 갈수록 나아졌다. 누가 어떤 책을 잘 읽었는지, 또 어떤 문장이 좋았고 별로였는지 등을 이야기하면서 책을 중심으로 사람들을 알아 갈 수 있었다.

그중에서도 『82년생 김지영』이라는 책에 대한 기억이 오래 남아 있다. 주제가 주제였던 만큼 이야기의 끝이 나질 않아 중간에 빠진 사람들도 있었고, 결국 남자 셋 여자 셋이 남아 자정이 넘은 시간까지 페미니즘과 가부장 제도에 대한 열띤 토론을 이어 갔다.

나 역시 오랜 시간을 듣고, 말하면서 어깨너머 많은 것을 배웠다. 책 한 권의 가치를 몸소 경험한다는 게 이런 거구나 싶었다.

독서모임을 하면 할수록 신기한 기분이 들었다. 세상엔 정말 다양한 책이 있고, 사람들은 같은 내용을 읽어도 저마다의 성장배경, 가치관, 경험 등에 따라 다른 방식으로 책을 이해하는데 내게는 그게 큰 매력으로 느껴졌다.

독서모임이 아니였으면 모르고 살았을 이야기를 들으며 놓치고 싶지 않은 것들은 핸드폰을 이용해 그 내용을 기록했다.

책 이야기를 하러 만나서 매 순간 많은 인생을 알아 갔다. '나'의 세계가 점점 확장되면서 어느샌가 책의 물성이 좋아지기 시작하는 것. 처음 독서모임을 만들 때 내가 바라던 변화였다.

사실 이 모임을 시작하기에 앞서 건방지다면 건방지고, 거창하다면 거창한 바람이 있었다. 사람들이 적어도 나와 함께하는 독서모임에서만큼은 책을 더 잘 느끼고, 경험했으면 한다는 거였다. 지금에 와서 그 목표를 이루었냐고 묻는다면 솔직히 잘 모르겠다.

독서모임을 통해 오히려 책에 대한 나의 권태로움을 극복하게 됐고, 그러면서 배웠던 것들이 꽤 많다. 처음 내 제안을 허락해 주셨던 본부장님은 꼼마살롱을 계기로 독서모임이라는 활동 자체에 흥미가 생겼다고 말씀하셨다.

다시 처음으로 돌아가 나에게 던진 질문을 생각해 본다.

'나는 책을 왜 읽는가?'

내 시간과 돈을 들여 책을 읽는다는 건 그 자체로 값진 일이다. 현실에서 이루지 못한 것 혹은 이루지 못할 것들을 책에서는 얼마든지 이룰 수 있고, 가끔은 평생 잊지 못할 멋진 문장을 만나 삶이 바뀔 수도 있다.

그러니까 분명 읽지 않은 사람보다 더 나은 내일을 꿈꿀 수 있고, 더 나은 삶을 살 수도 있다는 말이다. (그러니 책을 읽읍시다.)

내가 뭐라고

(마흔여덟 번째 시선)

내가 일하는 출판사에서는 경의선 책거리(홍대)에서 '문학산책'이라는 부스를 운영하고 있다. 평소에는 아르바이트생이 상주하고 있지만, 그가 휴가일 경우 마케팅 부서에서 지원을 나가 부스를 지키게 된다. 그곳은 '천국'으로 불린다고 얘기를 종종 듣곤 했는데, 어느 날 그 천국을 경험할 수 있는 기회가 나에게 왔다.

사실 기대가 많이 됐다. 아주 오랜만에 현장에서 독자를 직접 만나고 소통하며 책을 판매할 수 있다는 기대 말이다.

반대로 걱정도 됐다. 인스타그램에 글을 몇 번이고 올

려도 아무도 오지 않을까 봐서다. 평소에 인스타그램 팔로우가 많다고 자랑하며 다녔는데 한 명도 오지 않으면 얼마나 창피할지 걱정이었다. 그 와중에 최고 매출을 기대한다는 부장님의 말씀에 장난이신 건 알았지만 내심 신경이 더 쓰였다.

당일에 부스에 도착해서 짐을 풀고 책 정리를 하는데 뒤에서 고양이 울음소리가 들렸다. 경의선 책거리는 원래 길고양이들이 많기로 유명한 곳이라 대수롭지 않게 생각하며 뒤를 돌아보니 길 고양이(님)이 '어서 나를 만져'라는 눈빛으로 쳐다보고 있었다. 문을 열자마자 이런 반가운 손님이 찾아와준 걸 보니 그래도 무안하게 집에 돌아가진 않을 것 같았다.

12시가 될 때쯤 낯익은 분이 문을 열고 들어왔다. 다른 행사장에서 몇 번 뵈었고 또 인스타그램을 통해 이미 내적 친분이 생긴 상태라 먼저 인사를 드렸다. 그분께 책을 강매 아닌 강매를 하기 위해서 몇 권 추천하고 있을 때쯤 또 익숙한 분이 들어오셨다. 일전에 내가 진행했던 작가와의 독서모임에 참여한 분이었다. 손님들을 맞이하다 보니 한때 서점에서 내가 읽고 좋았던 책을 사람들에게 추천하며 이런저런 이야기를 나눴던 시절이 생각나 신이 났다.

오후에도 수많은 분들이 부스에 방문해 주셨지만, 그 중에서도 가장 먼 거리를 달려와 주신 두 분이 기억에 남는다.

한 분은 남자친구와 같이 오셨는데, 오자마자 가방에서 무언가를 주섬주섬 꺼내어 사진을 찍고 책을 살펴보기 시작하셨다.

그러면서 내 인스타그램을 보고 구미에서 왔다고 말씀해 주셨다. '구미?' 갑자기 머릿속이 하얘졌다. 순간 잘못 들은 줄 알았다. '내가 뭐라고 지금 구미에서 여기까지 왔다는 거지?'라는 생각이 컸던 것 같다. 그렇게 복잡미묘한 감정 속에서 책 계산까지 끝내고는 조심히 돌아가시라며 인사를 건넸다. 그분은 문을 나서면서 나에게 비닐로 된 봉투를 건네셨는데, 그 안에는 마스크팩과 홍삼이 사이좋게 담겨 있었다.

또 다른 한 분은 천안에서 오셨다. 틈틈이 인스타그램을 살피다가 '천안에서 올라가는 중'이라는 댓글을 보긴 했지만 '설마?' 했던 분이다.

문을 닫기 40분 전쯤 가쁜 호흡을 내쉬며 부스로 들어

왔던 그분은 기대에 찬 눈빛으로 책 추천을 요청하셨다. 그래서 그 눈빛에 부응하고자 비싼 책 한 권을 섞어 총 두 권을 추천해 드렸다(물론 웃기려고 한 소리다). 평소에 내가 정말 좋아하는 책들이었다. 먼 거리에서 오느라 지치셨을 텐데, 돌아가는 길에라도 그 책들이 위로가 되길 바라는 마음이었다.

그렇게 영업을 종료하고서 얼마를 팔았는지 계산해 봤다. 다행히 내가 목표하고 온 금액보다 조금 더 팔았고 결과적으로 최고 매출을 냈다. 마지막으로 이날의 매출 영수증을 출력했다. 혹시라도 잉크가 지워질까 봐 사진으로 하나 남기고, 내가 가장 좋아하는 책에서 가장 좋아하는 구절이 담긴 페이지에 넣어 두었다. 잊지 않고 싶었다. 나란 사람이 이렇게 많은 사람에게 사랑받고 있다는 사실을.

문을 나오면서 보니 선물로 받았던 던킨도너츠와 칸타타 커피 그리고 비닐로 된 봉투가 한 손 가득히 들려 있었다.

솔직히 말하면 처음엔 누가 올까 했다. 내가 연예인도 아니고, 그렇다고 나와 일면식이 있는 사람들도 아닌데 굳이 찾아 오는 사람이 있을까 싶었다. 그래서 회사에 변명거리라도 미리 만들어야겠다고 생각했는데, 결국 나를 보고, 응원해 주기 위해서 그리고 그 마음을 담아 책 한 권이라도 사주려 그 많은 사람들이 왔다 간 것이다.

좋아하는 문장 중에 '책은 사람을 이어 준다'라는 문장이 있다. 책이라는 매개체 하나로 나와 이 사람들이 이어진 것이다.

감사하다. 각자의 귀한 시간을 내어 이렇게 찾아와 주신 그 마음들이. 힘들어도 버텨 볼 용기가 생겼다. 이 마음을 내가 언제 어떻게 되돌려 드릴 수 있을지는 모르겠다. 다만 애써 노력하진 않으려고 한다. 이미 그들과 나는 책으로 이어져 있다는 사실 그 자체로 의미 있는 거니까.

책은 사람을 이어 준다.

시인과 나

(마흔아홉 번째 시선)

최근에 내가 담당하고 있는 계열사 브랜드에서 한 시인의 산문집이 나왔다. 그 시인을 처음부터 알았던 건 아니고, 여자친구와 처음으로 같이 간 서점에서 샀던 시집을 쓰신 분이었다. 사실 그때는 시를 좋아하는 여자친구에게 잘 보이고 싶은 마음에 무작정 시집을 샀었다. 그럼에도 시는 어려운 것이라고만 생각해서 시집을 가지고 다니면서도 대부분 가방에 방치해 두곤 했다.

그러다 어느 날 카페에서 약속을 기다리는데 문득 가방 속의 시집이 생각났다. 어차피 할 것도 없었고, 시간도 남아 이참에 읽어 봐야지 했다가 한번에 다 읽은 기억이 있다.

살다 보면 (많지는 않지만) 제대로 아는 것도 없는데 무언가 그냥 알고 싶고, 보고 싶고, 읽고 싶을 때가 있다. 이 시집이 그랬다. 읽으면 읽을수록 다음 장이 궁금해져 눈을 뗄 수 없던 시집. 과연 이런 문장은 누가 쓰는 것인지 문득 궁금해져 시인의 이름을 검색도 해 봤다. 그는 '오은'이라는 이름의 시인이었다. 그때는 몰랐다. 내가 출판사에서 일하게 될 줄을, 심지어는 오은 시인의 책을 담당하게 될 줄을.

내가 다니고 있는 출판사는 매년 초에 출간 일정표를 공유받는다. 이 시인의 산문집이 올해 나온다는 것을 올해 초에 봤고 당연히 기대가 됐다. 특히 당시 그가 운영하던 팟캐스트와 SNS를 자주 보며 위로받았던 나였기에 더 기다려졌다.

책의 마케팅을 기획하기 위해서는 우선 '원고'라는 날것의 형태를 전달받는데, 나는 이 순간을 참 좋아한다. 완전한 책이 나오기 전, 그러니까 덜 다듬어진 상태로서 작가의 세상을 들여다볼 수 있는 유일무이한 시간이기 때문이다. 일종의 짜릿함 같은 거다. 글을 다듬는 편집부를 제외하고선 제일 먼저 책을 읽어 볼 수 있다는 점. 최초의 독자가 될 수 있다는 사실이 참 매력적이다.

그렇게 많이 기다렸던 시인의 원고를 전달받아 빨리 읽고 싶은 마음에 회사에서 출력도 해 두었다. 그런데 그 시기에 갑자기 부모님이 아프셨고 병원에 입원하시게 됐다. 회사도 제대로 출근하지 못했기에 일도 제대로 할 수 없었고 기대했던 원고를 읽어 볼 수 있다는 기쁨도 잠시 뒤로 밀렸다. 아쉬웠지만 그때는 그게 나의 최선이었다.

부모님이 아프시고부터는 모든 감정을 글로 쓰면서 풀어 냈다. 그러다 보니 표출하는 단어는 많은데 내 안으로 들어오는 단어가 줄었다. 무언가 읽고 싶다는 생각이 막 간절해졌을 때쯤 늘 가방에는 넣어 다니던 시인의 원고가 떠올랐다. 시인의 글은 당시 나에게 가장 필요한 글이라고 생각했다. 특히 작정하고 위로해 주는 듯한 문장을 만나는 날에는 거울을 보며 스스로에게 괜찮냐고 하며 마음을 다잡던 시절의 내가 생각났다. 읽다가 부모님의 시선이 느껴지면 원고를 다시 덮을 수밖에 없었지만 틈만 나면 원고를 꺼내 읽었다. 그렇게라도 해야 살아갈 수 있었다.

그 시인의 산문집은 내가 원고를 다 읽어 갈 때쯤 세상에 나왔다. 온라인 서점 두 곳에서 추천을 받아 메인에도 올랐다.

내가 책을 좋아하는 이유를 떠올려 본다. 갑자기 인생이 퍽퍽해진 요즘이라 다른 사람이 쓴 글을 둘러볼 여력이 없었다. 그럼에도 돌이켜 보면 힘들 때마다 결국엔 다른 사람의 글을 통해 많은 위로를 받았고 다시 일어설 수 있었다.

그동안의 나처럼 누군가도 내 글을 읽고 힘을 낼 수 있으면 좋겠다. 나는 대단히 멋지고 괜찮은 문장을 쓰는 사람은 아니지만, 한 자 한 자 진심만은 담아 쓰려고 노력한다. 이런 내 마음들이 전해지기만 한다면 그걸로 충분할 것 같다. 물론 부족할 수 있겠지만은 앞으로도 그런 글을 쓰며 내가 좋아하는 책을, 내가 좋아하는 이들에게 알리는 사람으로 남고 싶다.

팬심의 계보

(쉰 번째 시선)

현재 내가 일하는 부서에서는 세 개의 브랜드를 담당하고 있다. 두 명이 한 팀을 이뤄 각각 문학동네 어린이, 난다, 테이스트북스까지. 거기다 곧 새로운 임프린트 브랜드가 생긴다는 소문이 있었고, 그 브랜드를 우리 팀에서 맡는다는 소식에 걱정을 했다. 안 그래도 일이 많은데 브랜드를 하나 더 맡는다는 건 일이 하나 더 늘어나는 것 이상의 일이기 때문이다. 그래도 일단 주어지게 되는 일에는 최선을 다해 보자 생각했고 나와 한 팀인 과장님과 함께하는 거면 브랜드 하나쯤은 늘어도 괜찮을 거라고 내심 생각했다.

하지만 좋게 생각하고자 했던 데에는 이유가 하나 더 있었다. 임프린트 브랜드에서 준비한 첫 책이 『당신과 나의 아이디어』『힘 빼기의 기술』를 쓰신 김하나 작가님의 책이었기 때문이다.

나는 이 두 책을 제외한 다른 책들도 소장했을 정도로 평소 작가님의 팬이었고, 바쁘게 됐지만 이로써 또 하나의 소망을 이루게 됐다는 생각이 들었다. 좋아하는 작가의 책을 담당하며 판권에 당당히 이름을 새길 수 있다는 것, 내가 출판사로 이직한 이유 중 하나이기도 하다.

사실 김하나 작가님은 기억하실지 모르겠지만, 시간을 조금만 거슬러 올라가면 우리는 이미 약간의 인연이 있다. 한때 서점에서 일하며 꽤 많은 출판사 직원들과 알고 지냈던 나는 당시 출간된『힘 빼기의 기술』을 선물받았던 적이 있다.

때로는 힘을 주는 만큼 뺄 줄도 알아야 한다고, 유연해질 필요가 있다는 것을 이 책을 통해 배웠고 그러면서 내 몸과 마음이 왜 자주 힘들 수밖에 없는지 깨달았다. 다 읽고 보니 좋은 문장마다 붙여 둔 포스트잇 플래그가 책의 페이지보다 많아졌을 만큼 좋았던 책이다.

작가님의 계정을 팔로우하고 지내던 최근에는 신간 『여자 둘이 살고 있습니다』가 나왔다는 따끈따끈한 소식을 들었다. 이 책이 장기간 베스트셀러가 되고, 작가님은 '책읽아웃' 진행자를 맡아 점점 더 유명해지고 계시니 괜스레 내가 다 기분이 좋다.

그리고 머지않아 김하나 작가님의 새 원고를 받았다. 밑줄 그으며 읽어야 할 부분들이 너무 많아 시간 가는 줄도 모르고 읽었다. 지금에서 말하지만, 『말하기를 말하기』라는 제목의 책이다. 평소 남들 앞에서 말하기를 어려워하는 내게 이 책은 말하기를 위한 일종의 교과서이자 부적 같은 것이었고 그래서인지 읽는 내내 든든했다.

이 원고를 어디든 갈 때마다 갖고 다니며 읽었던 까닭에 나도 이제 곧 말하기 선수로 거듭날 수 있을 것 같다.

작가의 자격

(쉰한 번째 시선)

어느 순간부터 작가님이라고 불리는 것에 익숙해졌다. 사실 어렸을 적부터 작가를 꿈꿨던 건 아니다. 오히려 글을 쓰게 될 줄은 상상도 하지 못했다. 일찍이 작가를 꿈꿨다면 문과를 가서 대학도 국문학이나 문예창작과를 갔을 텐데 그와는 반대로 실업계 고등학교에 가서 정보통신을 배웠고 대학에서는 컴퓨터 게임프로그래밍을 전공했다. 그런 내가 글을 쓰고 있다고 생각하니 당장 글을 쓰고 있는 지금도 조금 웃기다.

그래서인지 내게 작가라는 말은 늘 낯간지러운 것이었다. 정식적으로 등단을 한 사람도 아니었고, 그럴 생각도 없었으니 이렇게 불려도 되는 건가 싶었다. 그래도 출판 계약을 했으니 작가라고 불려도 되지 않을까 고민하기도 했지만, 이래도 저래도 모든 것이 낯간지럽고 쑥스러울 뿐이었다.

그랬던 내가 마음을 잡고, 본격적으로 작가가 되어 보겠다고 마음 먹은 데는 아버지의 영향이 컸다. 아프신 아버지의 건강이 더 안 좋아지기 전에 빨리 글을 써서 책으로 만들어야겠다고 다짐했기 때문이다.

아버지는 예전에도 그랬지만, 아프시고 난 뒤에 내게 마음 쏟는 일이 더 많아지셨다. 아들 아들 아들, 마치 아버지에겐 세상에 엄마와 아들만 남은 것처럼 보였다. 그런 아들의 이름이 새겨진 책이 나온다면, 아버지의 남은 삶에, 지나갈 생에 조금은 보람이 느껴지실까 싶었다.

내 인스타그램의 프로필에마저 '작가'라는 타이틀을 당당하게 올려 둔 것도 아마 그때부터였던 것 같다. 아버지의 조금이나마 더 자랑스러운 아들이고 싶어서.

오랫동안 출판사 취업을 꿈꾸던 동생이 마침내 편집자가 되었다는 연락을 받았다. 그와 이런저런 대화를 나누던 중 궁금한 것이 생겼다. 문학 편집자가 된 이 친구에게 내 글은 과연 어떤 느낌으로 다가올까. 그래서 시간이 괜찮은지 물었고, 원고로 써 뒀던 글 몇 편을 보내 피드백을 받았다. 글이 친절하다는 점, 글이 사람과 다르지 않다는 점, 주어진 상황에 몰입하여 감정을 부풀리지 않는다는 점을 내 글의 장점으로 들었다.

칭찬을 들어 기분이 좋아진 탓에 최근에 쓴 글(초딩시선)도 두 편 보냈는데, 그것에 대해서는 조금의 쓴소리를 들었다. 솔직한 일상에 가까운 앞선 글에 비해 비해서 시선은 너무 힘줘서 쓴 것 같다는 말이었다. 또 자신감 없는 모습이 글에서 너무 드러나 보인다는 말도 함께 했다. 잘 쓴다는 말을 기대했던 건 아니지만, 직접 받은 피드백으로 생각이 많아졌고, 그동안 내가 쓴 글에 대해 돌아보게 됐다.

책으로 내기 위해 썼던 원고를 수정하면서 다시금 읽어 보고 있다. 글을 쓰기 시작한 2017년부터 3년이 지난 지금까지의 글을 몇 번 읽어 보다가 손가락과 발가락이 함께 접혔다 펴졌다 하는 경험을 했다. 그때는 생각을 글로 옮긴다는 것이 그저 재밌었고, 누군가가 읽어주리라 생각하지 않았기에 머릿속에 떠오른 것 그대로를 적곤 했다. 그러니까 주어진 감정에 솔직했을 뿐이다.

사실 그때의 나와 지금의 나는 크게 다르지 않다. 단지 과거에는 감정을 꾸미지 않았고(정확히 말하자면 꾸미는 방법을 몰랐다) 그러다 보니 글이라고 하는 것보다는 개인적인 일기에 가까웠던 것 같다.

처음에는 약간의 상처가 됐던 편집자 동생의 피드백도 곱씹어 보니 나쁘지 않았다. 사실 상처가 될 것도 아니었다. 자신감이 없는 건 사실이니까.

당장 인스타그램만 봐도 글 잘 쓰는 사람이 너무 많다. 그럴수록 잘 쓴다는 것에 대해 고민하고, 또 고민한다. 더 잘 쓰고 싶어서, 누가 읽어도 좋다는 칭찬을 듣고 싶어서.

그런 의미에서 오늘부터 내가 쓴 글을, 쓸 글을 좋아하기로 했다. 또 내가 쓴 글에 자신감도 가지려고 한다. 나조차 내 글에 애정을 갖지 않으면, 다른 누가 애정을 가지려 할까 싶은 생각에서다.

글을 쓸 때면 이상하게 주눅 들곤 했던 마음들, 좋지 않은 피드백을 들은 날이면 종일 그것을 신경 쓰며 우울해 했던 날들을 다 털어 버리고 내가 좋아하는 글을 쓰려 한다. 포기만 하지 않으면 언젠가 더 좋아지리라는 믿음을 갖고. 글을 쓰고 좋아하는 이 세상 모든 작가들이 나와 같은 마음이기를 바라면서.

사람들은 내가 서점에서 일할 때보다 출판사에서 일하는 지금 더 많은 책을 읽으리라 생각하는데, 사실은 그 반대다. 책을 좋아하는 마음은 출판사를 다니고 있는 지금이 더 크지만, 단순히 책을 더 많이 읽었던 시절은 서점에서 근무할 때였다.

서점에서 일할 때 내가 책을 고르던 기준은 딱 네 가지였다. 표지, 작가, 제목, 출판사. 이 네 가지 중에서 두 가지 이상 충족했을 때 책을 집어 읽었다. 그중에서도 작가의 말과 제일 마지막에 적힌 후기가 중요했는데 그 부분을 읽고 마음에 와닿는 게 있으면 결제한 뒤 집으로 데려

갔다. 그렇게 읽은 책이 기억에 남으면, 매출은 좋지 않더라도 좋은 자리에 진열해 꽤 오랜 시간 알리려고 노력했다. 그때부터 나는 좋은 책은 어떻게든 알아줘야 한다는 마음이 있었다. (이것과 별개로 내가 담당했던 분야 매출은 꼬박꼬박 달성했다.)

그렇다고 출판사를 다니고 있는 지금, 책을 고르는 기준이 바뀌었냐고 묻는다면 그건 또 아니다. 일하는 환경이 달라졌다고 해서 책을 고르는 취향까지 바뀌지는 않았다. 다만 책을 보고 사는 공간이 조금 바뀌었을 뿐.

예전에는 내가 일하는 서점에서 책을 사곤 했는데, 지금은 거의 대부분을 인터넷을 통해 알아보고 구매한다. 할인은 할인대로 되고, 당일 배송도 가능하니 편하기는 온라인이 확실히 편하다. 하지만 개인적으로는 오프라인 서점에 직접 가서 구매하는 것을 권한다. 평소 눈여겨보던 책을 직접 만져 보고, 펼쳐 보기도 하면서 내 책을 내가 직접 고를 수 있다는 만족감과 함께 애정이 생겨나는 법이다.

책에 애정을 가지는 방법은 다양하다. 내가 여행을 떠

날 때면 정해 두는 기준이 하나 있는데 그 지역의 서점을 가 보는 것이다. 그것도 대형서점이 아닌 작은 동네서점에 가서 한껏 여유롭게 매대를 둘러보고 책을 산다. 이때 나를 위한 책 한 권은 물론 소중한 사람에게 선물할 책도 한 권 산다. 그리고 메모지든, 편지지든 하나 사서 그 위에 짤막하게 전할 말은 물론 책을 산 날짜와 지역도 자그맣게 써 둔다. 예를 들어 (2020년 4월 속초) 이런 식으로. 그러면 그 책은 나에게도, 받는 이에게도 소중한 선물이 된다. 특별한 방법은 아니지만 특별한 선물이 될 수 있다.

◎ 고요서사

해방촌에서 문학전문서점이라는 타이틀로 운영되는 서점이다. '이런 곳에 서점이?'라는 생각이 드는 곳에 있는데, 걸어서 가면 자연스레 하체 운동이 된다. 그동안 많은 서점을 다녔지만 이 서점이 유달리 기억에 남는 건, 여자친구와 처음으로 방문했던 첫 동네서점이기 때문이다. 내게 시의 세계를 알려 준 오은 시인의 시집도 바로 이 고요서사에서 샀다. 자고로 서점은 그곳에서 함께한 사람 그리고 그곳에서 산 책이 마음에 오래 남는 법이다. 누군가 내게 좋아하는 서점이 있냐고 묻는다면 언제까지나 고요서사를 답할 것 같다.

오늘도 여전히 책과 함께하고 있다. 물론 많이, 자주 읽을 수 있는 상황은 안 되지만 내가 꿈꾸는 미래를 위해 오늘도 열심히 책을 가까이에 둔다. (물론 월급을 위해서도.)

당장 내일이어도 좋고, 이틀 뒤여도 좋고, 이번 주말이어도 좋다. 언젠가 여행을 가게 된다면 근처 동네서점에 들려 소중한 사람을 위한 책 한 권을 사서 마음을 전해 보자. 당신의 선물을 받은 사람이 또 다른 사람에게 책을 선물하며, 그렇게 책과 사람이 이어지는 마음들이 가득해졌으면 좋겠다.

언젠가 이것이 다 최초딩 덕분이라며 내 월급도 같이 많아지는 날이 오길. 그런 날이 언젠가 불쑥 찾아오길.

어느 출판 마케터의 사생활

(쉰네 번째 시선)

인스타그램으로는 주로 책의 리뷰를 올리지만, 종종 이벤트를 통해 책을 나누기도 한다. 내가 이벤트를 막 시작했을 때만 해도 비슷한 이벤트는 물론 출판 마케터 개인이 직접 책을 나눠 주는 일은 더욱 없었다.

사실 이벤트에 대한 글을 올리고, 당첨자를 뽑고 연락처와 주소를 전달받아 택배를 발송하는 과정은 그 누구도 아닌 나의 시간을 투자해야 하는 일이다. 돈이야 벌면 되지만, 시간은 되돌릴 수 없음을 알면서도 내가 좋아하는 책을 누군가에게 선물할 수 있다는 사실이 기뻤다.

이벤트를 시작하고 어느덧 5년이라는 시간이 흘렀다. 정확히 세어 본 적은 없지만, 그동안 이벤트를 통해 선물한 책이 과장 조금 보태 몇천 권은 될 것이다.

처음에는 내 돈으로 산 책이나 서점에서 일하면서 받은 증정본을 나눴는데 점차 팔로우가 많아지면서 출판사에서 제안이 오기도 했다. 문제는 출판사의 지원에 책값은 줄었는데 택배비에 대한 부담이 늘어 갔다는 거다.

어느 분야나 마찬가지겠지만, 자신의 분야가 가장 박봉처럼 느껴지지 않는가. 적어도 1인당 2천 원에서 많으면 5천 원 가까이 되는 금액으로 한 명도 아닌 다섯 명씩 뽑을 때도 있었고, 많게는 몇십 명씩 뽑기도 했으니 부담이 안 된다면 거짓말이었다. 그래서 몇 번은 착불로 보냈던 적도 있는데 그러면 선물의 참의미가 없어지는 것 같아 결국 택배비는 내가 부담해서 보내기로 마음 먹었다.

책을 보낼 때면 앞에 간단한 메시지를 적어드리고는 했는데 책과 함께 마음을 전하기 좋아 선호하는 방법이다. 조금의 특별함이 더해지는 느낌이랄까.

팔로우가 많지 않던 시절부터 오랜 시간 나를 팔로우해 주신 분이 많다. 사진을 잘 찍지 못해도, 글이 별로여도 꾸준히 '좋아요'를 누르며 오랜 시간 나와 인연을 이어 왔다. 대부분 이벤트를 통해서 아니면 내게 별도의 책을 선물받은 분들인데, 단순히 책을 선물받은 기쁨으로는 그렇게까지 못했을 것이다.

지금은 예전보다 팔로우가 많아졌다. 그만큼 개인적으로 메시지를 보내는 것에 대해 부담을 느끼거나 걱정해 주시는 분들도 생겼다. 그래도 간혹 선물과 함께 메시지를 전해 주시곤 하는데, 내게서 받은 책이 재밌었다는 말, 의미있었다는 말과 함께 그 이후로도 꾸준히 책을 읽고 있다는 말을 들을 때면 세상에서 좋다고 소문난 영양제나 보양식이 무슨 소용일까 싶다.

내가 사랑한 작가들

(쉰다섯 번째 시선)

책을 좋아하는 사람이라면 좋아하는 작가도 있기 마련이다. 나 역시 좋아하는 작가가 있냐는 질문을 받으면 단박에 떠오르는 작가가 많다. '좋아하는 작가가 너무 많습니다'라고 대답하면, 다시 질문이 돌아온다. 그래도 그중에 가장 좋아하는 작가는 있지 않냐며.

우리나라 사람들은 순위 매기는 걸 꽤나 좋아해서 '가장'이라는 단어를 붙여 묻곤 하는데 그럴 때 참 어려우면서도 곤란하다.

그럼에도 이야기를 해 보자면 김민정 시인, 박준 시인, 오은 시인이라고 할 수 있다. (가나다순으로 표기했다. 좋아하는 마음은 순서를 매길 수 없이 똑같으니까.) 마침 그들의 책을 담당하고 있기도 한데 그러다 보니 시간이 지날수록 마음이 커진다.

#김민정 시인

현재 나의 반쪽인 여자친구와 닿게 해 준 분이다. '어떻게?'라고 묻는다면, 김민정 시인의 책 덕분이었다. 앞에서 한 차례 나왔지만, 서점에서 일했을 당시 신입이었던 여자친구가 식사 시간을 쪼개어 책 읽는 모습이 참 좋았다. 담당 분야가 다르기에 같은 서점에서 일하면서도 말을 붙일 기회가 많이 없었는데, 그 모습을 보고 여자친구에게 '책 좋아하시나 봐요'라고 처음 말을 걸었다. 그때 그녀가 읽고 있던 책이 바로 김민정 시인의『각설하고,』였다. 각설하고, 여자친구와의 인연이 시작된 순간이었다. 내 경험에 따르면 '책은 사람을 이어 준다'는 문장에서 사람이라는 단어의 'ㅁ'을 'ㅇ'으로 살짝 바꾸어 사랑을 이어 줄 수도 있다고 말하고 싶다.

그 이후 동네서점에서 일하게 되면서 좋아하는 책의 작가님께 북토크를 요청한 적이 있다. 그때 사회자로 김민정 시인이 왔다. 나는 매장을 지켜야 했던 사람이라 제대로 참여할 수는 없었지만 사람들 웃음소리 속에서 간혹 들려오는 김민정 시인의 이야기를 들을 때면 '사람이 참 사람답다'라고 생각했다.

그러다 직장을 또 옮겼다. 지금 다니고 있는 곳이다. 신기하게도 이곳에서는 김민정 시인이 대표로 있는 '난다 출판사'를 담당하고 있다. 이쯤 되니 인연이라면 인연이라고 생각한다. 지금 김민정 시인의 아버님과 나의 아버지는 같은 병을 앓고 계신다. 두 분의 안녕이 조금 더 안녕하길. 그리고 김민정 시인과 나의 안녕도 안녕하길 바란다.

#박준 시인

내가 가장 좋아하는 산문집 『운다고 달라지는 일은 아무것도 없겠지만』을 쓰신 분이다. 이 산문집이 왜 가장 좋은지 사람들이 종종 묻곤 하는데, 평소 감수성이 부족하고 표현에 서툴렀던 내가 이 책을 읽고 많이 변할 수 있었기 때문이다.

무엇보다도 내가 글을 쓰고 싶게 만들어 준 장본인이라 할 수 있다. 누군가의 책을 읽고 글을 쓰고 싶다는 생각을 한다는 건, 한 사람의 세계관이 변화된 것이나 다름없다. 그만큼의 영향을 내게 준 이 작가를 어찌 좋아하지 않을 수 있을까.

박준 시인의 책이 우리 회사에서 출간됐을 때 종종 행사 스탭으로 나가 그의 이야기를 듣곤 했다. 박준 시인은 글과 사람이 같은 작가 중 한 명이라 그의 이야기를 듣고 있으면 마냥 행복하다. 그동안 박준 시인의 글을 좋아했다면, 지금은 박준 시인이라는 사람 자체를 좋아하게 됐다.

#오은 시인

사실 오은 시인의 시집을 읽었던 계기는 조금 발칙하다고 할 수 있다. 여자친구를 만난 지 얼마 안 됐을 때 그저 잘 보이고 싶은 마음에 샀던 시집이 오은 시인의 『유에서 유』였다. 흔히 말하는 '내돈내산'으로 산 내 인생 첫 시집이었다.

내게 '시'라는 세계를 알려 준 '오은'이라는 시인에게 호감이 생겼다. 그 이후에도 틈만 나면 그의 책을 찾아 읽었고, 또 지금의 직장으로 이직하고 나서는 우연히 그의 신간 산문집을 담당하게 됐다. 개인적인 일로 인해 몸도, 마음도 이리저리 흔들리고 있을 때였는데 그의 글을 읽으면서 버텨 낼 수 있었다.

그러다 사람 좋은 오은 시인 덕에 형이라고 부를 수 있게 됐는데 그때 오은 시인이 내게 보내 준 메시지를 아직도 잊지 못한다.

[원석아, 화를 사랑으로 길어 올려야 한다]

힘들 때마다 몇 번이고 이 문장을 보고 또 보면서 글이 주는 힘을 느꼈다. 그 이후로도 오은 시인은 친근하게 대해 줬다. 인터뷰가 있어 갈 때마다 다정했고, 늘 내 안위를 물었다. 코로나로 인해 행사가 줄고 만남이 어려워진 지금에도 여전히 내게 메시지를 보낸다. 너무 자주는 아니고, 적당한 때에 맞춰서.

적재적소에 보내 주는 그의 한마디는 내가 넘어졌을 때 무릎을 짚고 일어날 힘이 된다. 이런 걸 보면 꼭 매일같이 연락을 하고, 얼굴을 보고 만나야만 관계가 유지되는 것은 아니라는 걸 새삼 느낀다.

쉼표

(쉰여섯 번째 시선)

경쟁사회라는 명목하에 우리는 무언가를 끝없이 마주하고 노력하며 살아간다. 회사에 입사하려면 입사지원서가 필요하고, 어렵게 통과하고 나면 또 면접을 통과해야 하듯 말이다.

그동안 나도 쉼 없이 달려왔다. 항상 힘들었던 건 아니지만 때로는 힘들다고 말하고, 힘들다고 생각하니 인생이 꽤 힘들고 빡빡하게 느껴진다. 정말 힘든 건 아닌 것 같은데 괜히 축축 처지고 힘들어지는 기분이랄까.

글도 그랬다. 짧은 글을 좋아하지만 정작 쓰지 못한다.

워낙에 하고 싶은 얘기가 많고, 하는 생각들이 많아 쓰다 보면 자연스레 길어진다. 띄어쓰기 없이, 마침표나 쉼표도 없이 빽빽하게 종이를 채워 나간다. 가끔은 내가 쓴 글을 읽다가 내가 지치기도 하는데 그럴 때면 문장과 문장 사이에 쉼표를 넣어 준다. 한 호흡 멈추고 다시 시작하자는 의미에서.

말은 이렇게 해도 사실 내가 갖지 못하는 게 쉼표다. 나는 쉬는 일을 잘 못 한다. 스물네 살에 직장 생활을 시작하고서 회사를 가장 길게 쉬어 본 건 허리를 다쳤던 4개월 동안이 전부다. 그 이후로는 쉬었던 적이 없다.

초딩시선도 내겐 그랬다. 초딩시선이라는 주제로 글을 쓰기 시작하면서부터 지금까지 꾸준히 연재해 왔다. 물론 마감 약속을 제대로 지키지 못했던 날을 포함하여 내가 쓴 글이 너무 별로인데 어쩔 수 없이 보내야만 했던 날마다 몇 번 위기도 있었다. 그럴 때면 자괴감이 들었고, 자신감도 많이 떨어져 몇 번이나 포기하려고 했었다.

근데 돌이켜 보면 그때 멈추지 않고 계속해서 기록해 온 것이 오히려 하나의 쉼표가 됐다. 과거와 현재 그리고 미래를 넘나들며 떠올린 마음과 생각들을 정리해서 쓰다 보니 지친 하루에 꽤 큰 도움이 됐다. 당시에는 힘들다고만 생각했던 일이 지금에서야 쉼표가 될 수도 있다는 걸 깨달았다.

지금 이 시간에도 자신을 위해, 소중한 누군가를 위해 쉼 없이 달려가는 이들이 분명 있을 거다. 나도 그랬다. 나 아니면 안 된다는 강박증이 심했고.

근데 그런 내 모습을 보며 걱정하는 이들도 있다. 모든 게 유독 버겁게만 느껴지는 날에는 그 사실을 떠올리며 가끔은 일상 곳곳에 쉼표를 넣어 봤으면 좋겠다. 열심히와 쉬엄쉬엄을 반복하며 그렇게 조금씩 오래 갈 수 있는 사람이 되기를.

일의 기쁨과 슬픔

(쉰일곱 번째 시선)

요즘 느끼는 건데 유튜브의 알고리즘이라는 게 참 흥미롭다. 한번 어떤 영상을 검색해서 봤을 때, 그와 비슷한 영상을 연이어 소개해 준다. 덕분에 심심할 때 무엇을 볼까 하는 고민은 물론 그것들을 찾아야 하는 번거로움이 조금은 덜 해진 것 같다.

왜, 가끔 그런 날이 있다. 어렸을 적 즐겨 보던 만화가 불현듯 생각날 때. 어느 날 이런 마음이 들어 유튜브를 켰는데, 유튜브의 신기한 알고리즘에 따라 과거에 잘 봤던 만화들이 추천되고 있었다. 그 당시 좋아하던 만화는 많았지만, 그중에서도 내가 가장 좋아하는 슬램덩크가 올라와 있어 반가운 마음에 보다가 자연스레 추억 여행을 시작했다.

많은 사람이 알다시피 슬램덩크는 무수히 많은 명대사로 유명한 만화다. 문득 그 가운데에서도 사람들이 자주 찾는 대사는 무엇일까 궁금하여 검색해 보니 이렇게도 다양했다.

'포기하면 그 순간이 바로 시합 종료예요'
'왼손은 거들 뿐'
'물론! 난 천재니까'

개인적으로 내게 인상 깊었던 대사는 따로 있다. 바로 '난 팀의 주역이 아니라도 좋다'라는 말이다. 이 대사의 주인공은 팀의 주장으로서 자신이 돋보여야 팀이 살아날 수 있다고 생각하던 사람이다. 경기를 하면서도 이러한 생각으로 임했는데, 늘 결과는 좋지 않았다.

그러다 열심히 뛰고 있는 자기 팀의 모습을 멀리서 보게 되면서 비로소 깨달음을 얻고 위와 같은 명대사를 읊

조린다. 그가 주장이라는 무게감과 권위를 덜어 내고, 오직 한 명의 팀원으로서 팀을 위해 노력하게 된 순간이었다. 이후 경기의 주도권은 곧 기다렸다는 듯 주인공의 팀에게 돌아갔다.

슬램덩크를 보면서 왜 하필 저 대사와 장면이 인상 깊었을까 궁금했다. 사실 요즘 내 직업인 출판 마케터라는 직종과 그 위치에 대해서 고민이 많았다.

마케터는 보통 열심히 행사를 기획하고, 참여를 독려해 책에 대한 홍보를 돕는 사람이다. 행사 당일에는 누구보다 먼저 도착해서 자리 세팅과 동선을 확인하고 그 이후의 행사 진행과 마무리까지 부지런히 신경 써야 한다. 그러다 보면 작가님과 담당 편집자분들은 작가님을 모시고 내려 가고, 행사장에는 대부분 마케터들만 남곤 했다.

창피한 이야기지만, 인스타그램 팔로우가 많다는 이유로 내가 흔히들 말하는 '인싸'라고 생각하며 지냈던 적이 있다(물론 지금도 가끔 그렇다). 그렇다 보니 행사를 기획하고 준비하면서도 그 마지막에는 제대로 참석할 수 없다는 사실이 서글플 때가 많았다.

뒤풀이 장소를 따라가더라도 책을 만드는 편집자와 작가의 사이에서 겉도는 느낌이 자주 들었다. 또, 성격상 말도 별로 없고 주로 듣기만 하는 성격이라 더 그래 왔던 것 같다.

마음만큼은 나도 작가와 친해지고 싶었다. 마케터로서 그리고 작가의 팬으로서.

그럼에도 매번 행사가 무사히 잘 끝난 것에 의미를 두고자 노력했다. 인스타그램에 들어가 그 후기를 찾아 보며 독자들의 생생한 사진과 이야기들을 보면서 '좋아요'를 누르곤 했다.

그러다 어느 날 문득 굳이 내가 이 행사의 주인공이 아니어도 되겠다는 생각이 스쳤다. 행사의 주인공은 그저 작가와 독자면 충분할 것 같았다. 그러니까 그들이 즐거우면 되는 거다. 그걸로 나는 다음 행사를 준비할 충분한 힘을 얻으니까.

그 이후로 몇 번 뒤풀이에 참석했던 적이 있다. 좋아하는 시인들이 한 자리에 모여 있었고, 나는 그곳에서 그들의 이야기를 듣는 것만으로도 잠시 다른 세계에 온 듯한 기분이 들어 행복했다. 그렇다고 이야기란 게 새롭거나 특별하진 않았다. 다만, 내가 좋아하는 사람들과 한자리에 있다는 것만으로 내겐 충분히 특별하고 의미 있었다.

마음을 쓰는 일

(쉰여덟 번째 시선)

마음에 여유라는 게 없다. 마음에 여유가 없다는 말은 삶을 살아가는 것이 아니라 살아 내고 있다는 말인데, 왜 여유가 없을까. 잠시 누워 멍하니 천장의 무늬를 바라본다.

마음에 여유가 없어지면서 체력적인 여유도 없어졌다. 사실 정말 체력적인 여유가 없다기보다는 몸을 움직일 생각을 하지 못하는 게 더 맞겠다. 그럴수록 움직여 줘야 하는 걸 알지만, 알면서도 쉽지 않다. 감성이 이성을 지배하는 순간. 지금 내가 그렇다.

어느덧 천장을 향하던 시선이 그 옆 모기를 지나쳐 아래로 내려 왔다. 한껏 솟아오른 배를 보니 마음에 없는 여유가 이곳으로 다 몰린 것 같다. 그래, 너무 많은 거였다. 내 마음에 여유가 없었던 이유는 말 그대로 마음속이 가득 찼기 때문이다. 비워야 할 때가 됐다는 거다.

그렇다면 이 꽉 찬 마음을 어떻게 비워야 할까. 돈이 많으면 돈을 쓰면 되고, 시간이 많으면 시간을 쓰면 되듯 마음이 많으니 마음을 쓰면 된다. 그게 뭐가 됐건 최대한 행복할 수 있는 방식으로.

얼마 전에 좋아하는 시인의 신간 산문집이 나왔다. 제목부터 좋았다. 『반짝이는 밤의 낱말들』. 시인에게 반짝이던 밤의 낱말은 과연 무엇일까.

그와는 최근에 진행했던 책 관련 행사를 통해 같이 얘기를 나누며, 함께한 시간들이 꽤 있었다.

그런 내게 시인은 자신의 이름이 새겨진 서명본을 보내 주었다. 사실 서명본을 보냈다는 그의 말을 들었을 때 순간 멍했다. 3초는 멍했고 3시간 찡했다. '내가 뭐라고?' 출판사에서 일하는 사람들은 다 알겠지만, 보통 책이 출간되면 작가의 지인들에게 보내는 일정량의 책이 주어진다. 그러니까 시인의 지인에 내가 속했다는 사실이 신기하면서도, 나를 떠올려 준 마음에 감사했다. 너무 좋다 보니 애틋함도 생겼다.

그래서 시인이 운영하는 서점에 방문해 그의 책을 열 권 주문했다. 거기에 내가 마음을 전하고픈 이들의 이름을 써 달라고 부탁드리곤 나와 근처 카페에서 조각 케이크 두 조각을 샀다. 굳이 케이크를 산 이유는, 꽃은 이미 많이 받았다는 글을 읽었기 때문이다. 문장이 새겨진 초도 샀다. 서점에 다시 돌아와 전해드리고 책 열 권을 결제하려는데, 여자친구의 책은 자신이 선물하겠다며 시인은 아홉 권만 결제하셨다. 마음을 쓰러 가서 또 마음을 축적해 버린 순간이었다.

그새 비어 있는 부분의 마음이 채워졌다. 그러니 나는 여전히 마음에 여유가 없다. 하지만 이제는 생각한다. 마음에 여유가 없으면 좀 어떤가. 적어도 행복하니 그걸로 된 거다. 어쩌면 마음이 부족한 사람보다는 넘쳐서 여유가 없는 사람이 더 나을 것 같기도 하다.

최초딩에 관한 20가지 고찰들

〔 부록 〕

⑴ 어렸을 적 최초딩 님의 꿈은 무엇이었나요?

어릴 때면 누구나 흔히 꿈꾸는 대통령, 연예인 등은 아니었고, 한때 태권도를 꽤 오래 했는데, 국가대표 선수가 꿈이었답니다. 사실 어렸을 때 꿈이란 건 그 당시 자기 자신의 관심사로 이어지는 것이 대부분이니까요. 저는 그때 운동하는 것이 굉장히 즐거웠답니다. 의외죠?

⑵ 초딩시선을 쓰게 된 계기와 지속할 수 있었던 이유가 있나요?

글을 쓰고 싶은 욕구는 늘 넘쳤는데, 꾸준히 하는 것을 잘하지 못했어요. 잘하고 싶은 마음은 큰데 마음만큼 몸이 잘 따라주지 않더라구요. 그래서 강제력을 주고 싶었고, 거기서 가장 좋은 방법이 약속이라고 생각했습니다. 물론, 사람인지라 이렇게 말하고도 시즌 초에는 몇 번 약속을 지키지 못했던 기억도 있는데요. 그래도 지금은 잘 지켜 나가고 있습니다. 제 글을 읽어 주는 사람 그리고 기다려 주는 사람이 있다는 사실이 큰 원동력이 되었던 것 같아요. 이 자리를 빌려 초딩시선을 구독하고 읽어 주신 많은 분께 한 번 더 감사하다는 말을 전하고 싶습니다. 덕분에 책이 나올 수 있었습니다.

(3) 그동안 읽었던 책 중 마음에 제일 와닿았던 문구가 있다면요?

너무 많은 문장이 있는데요. 그중에서도 박준 시인이 쓴 '한철 머무는 마음에게 서로의 전부를 쥐어 주던 때가 우리에게도 있었다'라는 문장을 가장 좋아합니다. 금세 지나가 버리는 시간에도 우리는 늘 무언가를 주고받으며 살아가니까요.

(4) 문학동네에 입사하게 된 계기가 있나요?

서점에서 일하다 보면 출판사 마케터들과 이야기를 많이 나누게 되고 친해지기도 합니다. 자연스레 서로의 SNS 계정을 공유하기도 하고요. 저 역시 당시 문학동네 마케팅팀 부장님과 친하게 지내다가 부장님의 권유로 입사하게 되었습니다. 마침 그때만 해도 인스타그램이 책을 홍보하기 가장 좋은 플랫폼이기도 했고, 적은 팔로우였지만 북스타그램으로는 제 계정이 나름 괜찮았던 것 같아요. 한편으로는 운이 좋았던 것도 있죠.

⑸ 부모님과 함께하면서 가장 즐거웠던 기억은 무엇인가요?

몇 가지 있지만, 사실 지금이 가장 즐거운 것 같습니다. 하루하루 함께 보내는 순간들 모두요. 나이 드신 부모님의 모습을 보면 마음이 아프긴 하지만 그만큼 오랜 세월 부모님과 함께한 것이니, 그 세월이 더해져 서로의 마음도 더 깊어지는 것 같아요. 살갑지도 않고, 때로는 욱하는 성격의 아들 때문에 많이 고생하시는 부모님이지만, 마음만큼은 그런 게 아니라는 걸 알아주셔서 너무 감사할 뿐입니다. 사랑하고요.

⑹ 출판 마케터가 생각하는 책의 미래는 어떤가요?

시대가 바뀌었다고들 하지만 여전히 책을 좋아하고 읽어주는 독자들이 있고, 이 시장을 더 넓히기 위해 노력하는 이들이 있는 한 없어지지 않을 것이라 생각합니다.

⑺ 최초딩의 인생에서 펭수는 어떤 존재인가요?

개인적으로 귀여운 캐릭터를 굉장히 좋아하는데요. 귀여운 펭수가 담당 PD에게 늘 당하면서도 지지 않고 힘껏 질러 주는 외침들이 사이다 같이 시원하고 짜릿합니다. 귀여운 얼굴에 그렇지 못한 날카로운 태도. 펭수는 그저 힐링입니다.

⑻ 책을 언제부터 즐겨 보셨나요?

따로 기억을 하면서 살지는 않았는데, 최근에 방 정리를 하다 보니 초등학생 때 제가 독서부였던 사실이 떠오르더라구요. 아마도 그때부터 책을 즐겨 보기 시작했던 것 같아요. 그러다 스물아홉 살에 힘든 시기를 겪으면서부터 본격적으로 책을 읽기 시작했고, 그렇게 지금까지 책을 즐겨 읽고 있는 것 같습니다.

⑼ 책과 관련된 일이 아니었다면 어떤 작업군에서 일을 하고 계셨을까 궁금해요. 원래 하고 싶으셨던 일이 있었나요?

저는 사실 컴퓨터게임공학과를 잠시 다녔는데요(중퇴). 그때도 게임을 만드는 것보다는 기획을 하고 실제로 참여하는 것을 좋아했으니 게임 기획자가 되지 않았을까 생각해 봅니다만 돌고 돌아서 결국은 책과 관련된 일을 하지 않았을까 싶어요.

⑽ 글감은 주로 어디에서 찾으시나요?

글을 쓰겠다고 마음먹었던 순간부터 매번 다양하게 영감을 얻었던 것 같습니다. 일어나서 출근할 때까지 아니, 출근하는 그 순간에도 끊임없이 '어떤 글을 써야 할까?' 라는 마음이었습니다. 글을 쓰려고 하면 사람들은 보통 특별한 일만 기록하려고 하잖아요. 근데 사실 우리 일상은 그런 특별한 일보다 평범한 날이 더 많잖아요. 평범하게만 보이는 것일지라도 하나씩 기록하다 보면 글을 쓸 소재는 무궁무진하답니다.

⑾ 글을 쓰기 시작한 계기는요?

제 성격상 생각이나 감정을 잘 드러내지 않는 편인데요, 그러다 보니 쌓여 가는 감정을 해소할 만한 것이 필요했어요. 처음에는 글을 쓰려고 썼던 건 아니지만, 어느 날 그 감정들을 토로하듯 인스타그램에 풀어 냈는데 생각보다 개운하더라고요. 아마 그때부터였던 것 같아요. 철이 없었죠, SNS을 하다가 글을 쓰기 시작했다는 게(혹시 몰라 덧붙이는데, 요즘 핫한 유머입니다).

⑿ 오랫동안 '나'만의 시선으로 바라보는 일은 어떠셨나요?

이 대답은 제 책을 읽는 독자분들이 더 잘 아시지 않을까 싶어요. 꾸밈없이 날것 그대로의 마음을 추구하는 글이니까요. 한가지 확신할 수 있는 건 관심 갖고 읽어 주신 여러분 덕분에 저의 시선을 꾸준히 글로 옮겨 적을 수 있었다는 것이지요. 지금껏 그 계기가 되어 주신 모든 분께 감사드립니다.

⒀ '월요문장'이라는 연재 서비스도 하고 계신데, 시작하게 된 계기가 있나요?

우리는 월요일에서 일요일까지 다양한 요일을 맞이합니다. 그런데 그중에서 월요일만 헬요일이라고 불리는 것이 월요일에게 미안하더라고요(물론 그만한 이유가 있기는 하지만요). 그래서 제가 할 수 있는 최소한의 노력으로 누군가에게 만큼은 즐거운 월요일을 선물했으면 하는 바람에서 시작하게 되었습니다. 다행히 많은 분이 좋아해 주셔서 약 300명이 넘는 분께 매주 월요일마다 각자 좋아하는 문장들을 보내 드리고 있답니다.

⒁ 책을 쓰면서 생긴 다음 목표가 있을까요?

글과 같은 사람이 되자는 거예요. 정확히 말하자면 글과 닮은 사람이요. 물론 제 글이 어떤지는 읽어 주시는 분들이 평가하는 것이지만, 그것과 크게 다르지 않은 사람이 되고 싶고, 또 몇 권의 책을 더 써 보고 싶습니다.

⒂ 책 리뷰를 쓸 때 제일 고민하시는 점은 무엇일까요?

요즘은 대부분의 작가들이 인스타그램을 하기 때문에 그들이 상처받지 않았으면 하는 마음으로 리뷰를 씁니다. 글을 써 보니 저마다 얼마나 많은 시간을 노력해서 글을 쓰실지가 눈에 보이는데, 그걸 생각하면 함부로 리뷰를 할 수가 없어 가장 많이 고민하게 되는 것 같습니다.

⒃ 악플에 대한 걱정이나 사생활 공개에 대한 부담은 따로 없으신가요?

사실 없다면 거짓말이긴 합니다. 간혹 디엠으로 제가 지나가는 모습을 찍어 보내 주시는 분들도 있고, 서점에서 셀카 요청을 받기도 하는데요. 뭐, 그런 관심을 받으려고 시작한 것이라 저는 즐겁습니다. 워낙 샤이관종에 표현도 못 하는 사람이지만 단지 저로 인해 제 주위 사람들이 피해 보는 일은 없었으면 하는 마음입니다. 그러니까 더 잘 살아야겠죠. 제가.

⒄ 가장 가까운 사람에게 상처 받을 때 극복하는 방법이 있으신가요?

저는 '이 사람이 없다면?' 하고 생각해 봅니다. 그럼 애틋한 마음이 드는데요. 그것으로 대부분의 상처는 덮을 수 있더라고요.

⒅ 마케터로서 작가로서 혹은 아들로서 앞으로 이뤄 나가고 싶은 일들이 있나요?

마케터로서는 일 잘하는 사람, 인정받는 사람이 되고 싶고요. 작가로서는 앞으로 딱 몇 권의 책만 더 쓰고 싶습니다. 그리고 나머지 역할은 그럭저럭 별 탈 없이 해 나가면서 그저 행복하게 살고 싶습니다.

⒆ 책의 가장 큰 매력이 무엇이라고 생각하시나요?

커피 석 잔의 가격으로 한 사람의 삶을 들여다볼 수 있다는 것이 너무 큰 매력이지 않나요?

⒇ 책이 세상을 바꿀 수 있다고 믿나요?

세상은 바꿀 수 없어도 한 사람의 삶은 바꿀 수 있다고 믿습니다. 아니, 바꿉니다. 제가 그 증인이거든요.

〔 에필로그 〕

이 글을 읽으신다면 제가 쓴 시선을 좇아 어느새 이 페이지까지 오신 거겠죠. 잘 읽으셨는지 궁금합니다. 제일 앞 페이지에 어디서든 볼 수 있는 그런 흔한 사람의 글이라고 했습니다. 저는 아마도 여러분의 바로 옆에 있는 가족일 수 있고 길거리를 스쳐 지나가는 사람일 수도 있으며 학교 또는 직장에서 마주하는 사람일 수도 있습니다.

이 책은 '초딩시선'이라는 이름으로 시즌 1~10까지 연재했던 글 중 몇 가지 이야기들을 골라 구성하고 수정해서 만든 책입니다. 세상에 글 잘 쓰는 사람은 수없이 많고 또 굳이 글을 읽지 않아도 재밌는 것이 많은데 나의 이야기를 읽어 주는 이가 있을까 반신반의하며 초딩시선을 시작하게 됐을 때 예상과 달리 너무 많은 분이 신청해 주셨던 처음의 기억을 떠올립니다. 코가 훌쩍 나오는 기분입니다. 다시 들이켜는 기분이기도 하고요.
글을 쓰는 동안에 많은 분께 도움을 받았습니다. 짧다면 짧고 길다면 긴 이 연재를 구독해 주신 분들이 계셨기에,

저라는 사람의 글을 읽어 준 분들이 계셨기에 이 책이 나올 수 있었다고 생각합니다. 감사합니다.

책을 낸다면 꼭 하고 싶은 것이 있었습니다. 감사한 사람의 이름을 나열해 보는 것인데요. 먼저 저라는 사람이 세상에 글을 남길 수 있게 낳아 주신 아버지와 어머니께 감사하고요. 누구보다 먼저 제 글을 읽고 자신감을 잃지 않게 격려해 준 여자친구에게 마음을 표하고 싶고, 남매가 사이가 좋을 수만은 없지만, 그럼에도 사이 좋은 누나와 나이 차이가 제법 나 어렸을 땐 어려웠어도 이젠 같이 나이 들어 가는 형, 주위에서 책 언제 나오냐고 잔소리해 준 지인들, 술자리에서 농담으로 "제 책 내 주시면 안 될까요?" 했던 얘기를 덥썩 물어 이렇게 책으로 나올 수 있게 해 주신 상상출판의 조종삼 이사님, 그리고 제 부족한 글을 읽고 매만지느라 고생하셨을 담당 편집자님께도 감사의 말을 전합니다.

잠깐
선 좀 넘겠습니다

초판 1쇄 2021년 5월 25일
초판 2쇄 2021년 5월 27일

지은이 최원석

발행인 유철상
기획 조종삼
책임편집 박다정
편집 정예슬, 정유진
디자인 조연경, 주인지, 노세희
마케팅 조종삼, 윤소담
콘텐츠 강한나

펴낸곳 상상출판
출판등록 2009년 9월 22일(제305-2010-02호)
주소 서울특별시 성동구 뚝섬로17가길 48, 성수에이원센터 1205호
(서울특별시 동대문구 왕산로28길 39, 1층)
전화 02-963-9891
팩스 02-963-9892
전자우편 sangsang9892@gmail.com
홈페이지 www.esangsang.co.kr
블로그 blog.naver.com/sangsang_pub
인쇄 다라니
종이 ㈜월드페이퍼

ISBN 979-11-90938-66-2 (03810)